MANUAL DO TERRÁQUEO

FABIO SANTOS

MANUAL DO TERRÁQUEO

1ª EDIÇÃO

Fabio Borges dos Santos
2022

Dados Internacionais de Catalogação na Publicação (CIP)
(Câmara Brasileira do Livro, SP, Brasil)

Santos, Fabio Borges dos
Manual do Terráqueo / Fabio Borges dos Santos
-- 1. ed. -- São Paulo : Ed. do Autor, 2022

ISBN 978-65-00-38090-3

1. Espiritualidade 2. Ficção Brasileira e 3. Metafísica (Parapsi-
cologia) I. Título.

22-98736   CDD--B869.3

Índices para catálogo sistemático
1. Ficção : Literatura Brasileira B869.3
Aline Graziele Benitez - Bibliotecária - CRB-1/3129

Edição impressa
ISBN 978-65-00-38090-3

1ª edição: Fevereiro de 2022
Edição em PDF: Fevereiro de 2022

Edição
Liliana Amar

Capa e Diagramação
Rodrigo Renzo Fraleoni

ÍNDICE

PREFÁCIO

Gratidão ao meu amigo Fabio SantoS, escritor de livros como "A resposta para tudo", "Intervenção planetária", "O fim da ilusão" e "Os segredos do despertar" e orientador de cursos pelo trabalho do Despertar da consciência para a Educação Consciencial, que faz com muita clareza e com uma gama de informações para podemos ter um melhor entendimento e propósito da nossa estadia aqui no plano Terra.

Nesse livro "Manual do Terráqueo", é colocada a experiência de uma consciência elevada de uma forma interessante, passando por essa dimensão, mas difícil em que nos encontramos, nos dando a oportunidade de nos divertir e aprender ao mesmo tempo.

Sendo assim, o que podemos é agradecer por tanta informação doada para todas as pessoas com esse carinho e respeito que o Fabio dedica.

Obrigada, meu amigo.

Ana Maria Osti

INTRODUÇÃO

A idéia de escrever o *Manual do Terráqueo* saiu através de uma conversa muito bem-humorada com a terapeuta Ana Maria de Osti, antes de uma de nossas sessões.

A Ana comentava que todos que encarnassem na Terra deveriam receber um manual de instruções de como proceder, porque realmente não é fácil descobrir tudo por si só. Na ocasião, demos muita risada, mas essa idéia ficou lá no fundo da minha mente. Seria realmente interessante se recebêssemos um material desses – e quem sabe não recebemos mesmo, só esquecemos?

Isso foi amadurecendo e as ideias vindo aos poucos até eu encontrar o formato que queria e a forma correta de distribuição. Decidi fazer um livro de ficção, com personagens e situações inventadas e criadas, mas baseado em conceitos profundos do caminho do Despertar, baseados na Educação Consciencial.

A decisão de não cobrar pelo livro também foi desde o primeiro minuto. O intuito é fazer essa informação chegar ao máximo de pessoas possível, no menor tempo possível, nem que seja lido somente como entretenimento, pois sabemos que a semente fica plantada no subconsciente e uma hora germina.

Infelizmente ainda temos muito preconceito com o trabalho cobrado no que tange a Educação Consciencial. Quem estuda sabe que isso é uma armadilha, mas a maioria ainda está dormente. Não tem problema. Em agradecimento a todos os que contribuem com meu trabalho, seja fazendo meus cursos, participando de eventos ou comprando meus outros livros, saibam que vocês fazem esse trabalho possível. Afinal, nem meu supermercado, muito menos minha conta de luz aceita "Namaste" ou "Gratidão" como forma de pagamento.

Espero, do fundo do coração, que você leitor se divirta com a história e que no fim tenha o mínimo de curiosidade para estudar de uma forma mais profunda os conceitos que te parecerem mais interessantes.

Nosso personagem "Marcio" é fictício, mas poderia (e pode) ser qualquer um de nós nesse momento.

Tenha uma boa leitura! Se gostar, mande o livro para seus amigos, parentes, colegas de trabalho... para quem quiser!

Espero te encontrar também nos estudos da Educação Consciencial.

Um abraço,

Fabio SantoS
www.fabsantos.com.br

A MISSÃO

Atenção colegas Maldequianos. Meu nome é Vrpfhazmron, tenho 2.387 anos, mas podem me chamar de Marcio, um apelido que adotei desde a minha experiência no terceiro planeta de nosso sistema solar, a Terra.

Esse livro que vos escrevo, meus caros, visa relatar a minha experiência completa junto aos humanos, desde antes da minha saída de Maldek, nosso quinto planeta do sistema solar, até o momento da minha volta há poucos dias atrás quando me aposentei.

Meu intuito é deixar todo o relato de minha última missão documentado para os futuros cadetes da Academia de Recrutas. Ela foi relativamente curta, somente três anos e meio, mas naquele planeta passaram-se mais de noventa mil anos de sua contagem e dezenas de encarnações vividas.

Tudo começou quando atingi a maior graduação militar de nosso Sistema Solar, Almirante Intergaláctico, após apenas 1.115 anos de serviço – o mais rápido da história de nosso planeta. Logo após essa honra, tive a próxima: o convite para me juntar aos *Dourados Lunares*, a tropa de elite galáctica para missões especiais, embora não tivesse a mínima ideia de que teria a missão mais difícil da minha vida.

Nos *Dourados* somos todos da mesma hierarquia, embora sempre haja um líder de missão. Esta nos é passada diretamente pelo Conselho de Saturno ou Conselho dos Nove, como todos sabem, aquelas nove consciências que nos orientam e se constituem no tribunal máximo de nosso bairro galáctico.

No meu primeiro dia de Almirante, uma manhã fria de segunda-feira, ao chegar ao principal quartel general, fomos imediatamente convocados para uma reunião no Conselho.

Éramos cerca de cem mil especialistas da tropa, mas somente três participariam da reunião como representantes; as decisões seriam passadas depois diretamente para os demais, caso fosse necessário.

Não sabíamos do que essa reunião se tratava pois era extremamente rara uma convocação do Conselho.

Devido ao meu bom relacionamento em Saturno, fui um dos três escolhidos. Estava muito nervoso: logo no meu primeiro dia nos Dourados já estava representando a turma numa reunião inédita e aparentemente importante.

Sem demora partimos, eu e mais dois colegas, para o salão de reunião do Conselho dos Nove. Localiza-se, no que podemos chamar de bolha temporal, na órbita de Saturno, aproximadamente no limite de seus anéis. Chamamos assim, pois a olho nu não é possível enxergar a sua entrada e, quando entramos, parece que estamos em outra dimensão. Parece não, realmente estamos.

Pousamos com a nave na plataforma e seguimos a pé o resto do caminho até o salão principal. Ele era enorme e para nossa surpresa, estava cheio. Todos os representantes de todos os 53 sistemas solares que fazem parte de nosso bairro galáctico estavam presentes. Na verdade, três por federação. Nós ocupamos uma mesa que nos estava reservada logo à frente do palco, onde estavam os nove assentos do conselho.

A visão do salão era fantástica! Eu nunca tinha visto algo parecido. A ocasião deveria ser realmente muito exclusiva para todos estarem assim reunidos. Podíamos observar ao fundo um representante dos vinte e quatro guardiões – a instância máxima - que gerenciam nossa galáxia, que estava apenas observando.

No horário combinado a sessão começou. O presidente do conselho fez um pronunciamento de abertura, agradeceu a todos e foi breve e certeiro em sua explanação.

Caros representantes das Federações Sistêmicas e membros da Superfederação.

Por determinação dos vinte e quatro guardiões da Via Láctea, em acordo com o Conselho dos Nove, anunciamos a troca imediata de todos os representantes oficiais de todas as cinquenta e três Federações que compõem a Superfederação e a intervenção imediata em todos os trinta e quatro planetas que se encontram em quarentena em nosso bairro galáctico.

Anunciamos também a chegada de novos Guardiões à nossa Galáxia, substituindo todos os vinte e quatro membros atuais devido à chegada do fim de um ciclo natural. Os novos membros se apresentarão em momento oportuno, mas já atuam de imediato – inclusive nas novas determinações anunciadas nesta reunião.

Esta ação inédita deve-se ao fato de que a manipulação do livre arbítrio das consciências dos ditos planetas, principalmente aquele que chamamos de Urântia, mas também conhecido como Terra, passou dos limites e caminha para a destruição sem volta, em razão das sucessivas e infelizes decisões tomadas nos últimos eons, principalmente na omissão nos julgamentos de interferências complexas do livre arbítrio.

Sendo assim, determinamos o envio imediato dos Dourados Lunares, aqui presentes, para tais planetas visando a interferência de dentro para fora. Dessa forma, evitamos a interferência de fora para dentro a qual poderia ocasionar mais danos do que benefícios, devido à situação consciencial das criaturas que habitam tais sistemas.

Obrigado pelo seu tempo, tenham todos um bom dia.

Saímos de lá sem saber o que dizer. Minha cabeça estava a mil, pois no meu primeiro dia já tinha participado de um momento histórico como esse em nossa galáxia. Histórico e instável, pois toda troca de comando gera uma ansiedade. Imagine uma troca geral de comando por toda a Via Láctea!

Voltamos para o quartel e convocamos de imediato uma reunião com todos. Apesar dos *Dourados* serem cerca de cem mil consciências, em

Maldek temos "apenas" mil representantes, os quais acomodamos em nosso salão principal.

Logo após a comunicação, já começamos a nos dividir instintivamente em grupos e cada um recebeu do próprio Conselho de Saturno a sua missão. No envelope do meu grupo estava escrito "Urântia". Sim, eu iria para a Terra. O planeta mais complexo de nosso bairro galáctico e, talvez, um dos mais importantes – até por isso se encontrava na situação mais difícil de todas.

No envelope contavam instruções personalizadas a cada um de nós no que tange à preparação para a viagem e à missão, a qual deveria durar um ano.

Segui à risca tudo o que estava escrito. Despedi-me de minha família: minhas duas esposas, meus três esposos e meu fiel escudeiro, meu pequeno Wtrvngfdartty – um *Oculudentavis Khaungraae*, que na Terra chamavam de lagarto pré-histórico. Bem estranho para nós e também para eles.

Estava bem animado. Afinal, um ano não me parecia muita coisa e a Terra era o maior desafio da minha vida, sem dúvida alguma, e o primeiro na minha nova carreira.

As instruções eram bem simples e cumpri todas facilmente. A mais difícil foi ficar sem comer carne de Velociraptor, mas com muito esforço consegui. Vocês sabem como é, principalmente para quem é do sul. Me apresentei após alguns dias no quartel general para embarcar na nave em direção ao planeta azul.

A plataforma de embarque do quartel era enorme. Dezenas de naves estavam em todas as plataformas da estação, com milhares de pessoas circulando pelo ambiente. Eu nunca tinha visto algo tão impactante. Sentia-me extremamente excitado com a oportunidade e com a missão que me davam. Embora ainda não tivesse conhecimento de todos os detalhes.

Na verdade, não tinha detalhe algum.

O que me passaram no *briefing* enviado pelo Conselho de Saturno era que eu iria para o planeta Terra passar um ano em missão de despertar a consciência de alguns de seus habitantes. Também me falaram que teria ajuda de uma equipe dedicada a mim na missão, bem como a companhia de milhares de parceiros de Maldek e de outros planetas e sistemas solares também.

Era tudo o que eu sabia. Disseram-me também que os detalhes da missão iriam ser passados para cada grupo em suas naves, pois eram muitos detalhes.

Com essa empolgação e animo alto de primeira missão, fui até a plataforma 33, local onde minha credencial indicava que estaria a minha nave.

Realmente, lá estava ela. Era, sem dúvida alguma, a maior nave de todo o complexo. Deveria ter, facilmente, mais de quinhentos metros de comprimento com capacidade para centenas de milhares de pessoas. Logo pensei que seria um desperdício de espaço pois estávamos embarcando em Maldek apenas vinte e três pessoas.

Para nossa surpresa, ao embarcarmos descobrimos que a nave já estava com sua capacidade máxima e que nosso planeta era a última parada antes de seguirem para a Terra.

Logo ao entrar já fui levado ao meu quarto. Não entendi muito bem o porquê disso pois a viagem para Urântia era de apenas alguns minutos devido à proximidade física em que estamos.

Meu quarto era relativamente grande, possuía uma mesa para trabalho, banheiro privativo com chuveiro e uma cama bem moderna – parecia muito confortável com o que eu chamaria de climatização: possuía como que um protetor energético que fazia isolamento do resto do quarto. Como uma câmara. Enfim.

Em cima da minha mesa de trabalho tinha um *tablet* com uma mensagem de boas-vindas, com meu nome, número de registro e a missão "Despertar da Consciência – Terra" bem identificada. Acima da mesa, na parede logo à minha frente, existia um televisor que mais parecia um quadro bem fino.

Ao pegar o *tablet* em minhas mãos, o televisor ligou imediatamente e uma mensagem gravada vinda diretamente de um dos conselheiros de Saturno apareceu na tela.

Era o mesmo conselheiro que havia tomado a palavra na reunião a que fomos anteriormente, alguns dias atrás. Dessa vez, ele falava diretamente comigo, chamando-me pelo nome, com o intuito de dar mais algumas informações sobre a missão.

Caro Vrpfhazmron, é um prazer tê-lo conosco nessa missão tão importante, não somente para o nosso planeta irmão, mas para todo o nosso bairro galáctico e, consequentemente, para toda a nossa galáxia. Não é à toa que todo o Conselho dos Nove, juntamente com os novos Guardiões da Galáxia estamos supervisionando esse esforço de perto.

Esteja certo de que sua participação nessa missão será muito bem recompensada e temos a certeza de que você sabe da honra que é pertencer aos Dourados Lunares. Além disso, vai descobrir em breve que agora você está na missão mais importante da história desta organização.

Sua missão, juntamente com seus companheiros, é promover o Despertar da Consciência dos habitantes terrestres em todas as três dimensões em que habitam.

Como já sabe, não podemos interferir de fora para dentro; portanto, estamos enviando vocês para executar a missão de dentro para fora. Isso significa que vocês devem encarnar no planeta. Parece simples, mas preste bem atenção.

A experiência terrestre está na faixa frequencial de Fractal de Alma; portanto, você terá que se fractalizar para lá entrar. Sua cama funcionará como uma câmara de suspensão e seu corpo ficará como num sono profundo, enquanto sua Alma será direcionada para o nosso portal central de sua nave chamado "11:11", onde você se fractalizará em 12 consciências individuais para maximizar sua experiência.

Nossas naves não podem chegar muito próximas à Terra pois o campo gravitacional nos puxaria e estaríamos todos em grande perigo, pois seriamos todos fractalizados e entraríamos na roda encarnacional planetária – sem o apoio necessário para sair. Assim, todo o seu apoio estará entre as órbitas da Lua de Urântia e o planeta Marte, numa distância segura.

Toda a comunicação que será feita com você, ou seja, com os doze que estarão em missão, será executada através de seu corpo presente aqui na nave o qual deverá passar as informações por entrelaçamento quântico a você lá embaixo.

Não há nada mais que eu possa dizer nesse momento para te ajudar ou orientar. Agora, aos poucos, você descobrirá o que veio fazer, como deve fazer e quando. Utilize seu tablet para obter informações quanto à entrada e algumas orientações quanto à sua missão.

Boa sorte e nos vemos em sua volta daqui a um ano que, certamente, será vitoriosa.

Sinceramente, eu não sabia muito o que pensar nessa hora. Eu sabia muito bem que a fractalização da consciência é algo extremamente complexo. Seria como me dividir em doze, embora cada um com vida própria, com seus prórios pensamentos, tomando suas próprias decisões e eu teria influência limitada sobre todos até a volta à Alma, na nave.

Sabia também que a situação da quarentena terrestre faria com que eu perdesse quase que por completo o contato com a nave e que as mensagens que seriam enviadas para mim por entrelaçamento quântico lá embaixo seriam difíceis de reconhecer, dado o poder da Barreira de Frequência planetária – a qual impede a entrada e a saída das consciências sem que os "sentinelas" permitam.

Decidi seguir a orientação do conselheiro e peguei o *tablet* para leitura. Lá estavam instruções a serem seguidas para que eu pudesse colocar meu corpo em suspensão e algumas orientações quanto à chegada no planeta como fractal de alma.

Li duas vezes tudo o que tinha disponível para estar certo de que seguiria à risca o que estava determinado mas, também, para ter certeza de que entendera algumas informações que, a princípio, achava estarem equivocadas.

A primeira, era que um ano de nosso tempo seria equivalente a vinte e seis mil anos terrestres. Realmente, essa noção de percepção temporal é extremamente difícil, principalmente quando estamos fora de um planeta em quarentena. Dentro de todos esses milênios por lá, eu deveria encarnar nas três dimensões. Isso quer dizer, que eu chegaria até à quarta dimensão espacial terrestre, a chamada fisicalidade. O nível mais denso que uma experiência consciencial individualizada poder ter.

A segunda, era que nós deveríamos negociar a nossa entrada no planeta por nós próprios, por razão da distância em que a nave estaria da Terra. Basicamente, isso quer dizer que estaríamos sozinhos para entrar e para sair do planeta-prisão. Sem informações de como entrar e muito menos de como sair. A única informação era que o Despertar da Consciência nos tiraria de lá.

Por um momento achei que estivesse louco de aceitar essa missão, mas passara tanto tempo de minha carreira querendo entrar para os Dourados que não pensava em outra coisa a não ser dar o meu máximo

em minha primeira missão, a "mais importante da
história", como disse o conselheiro. Era realmente uma honra e minha
empolgação e ansiedade acabaram por me fazer esquecer desses
"detalhes" da operação.

BEM-VINDO (OU NÃO) A TERRA

Alguns minutos se passaram desde minha última leitura quando avistei pela janela do meu quarto o planeta Terra e sua Lua bem ao fundo. A nave parou e o sistema de som nos avisou que havíamos chegado e que o protocolo de chegada deveria ser iniciado.

Isso significava que eu deveria começar o procedimento de suspensão e, consequentemente, de fractalização pois o portal 11:11 estaria ativo a partir daquele momento.

Antes de me deitar, resolvi usar a sessão de ajuda do *tablet* para fazer uma pergunta que me intrigava: em qual momento da história terrestre estávamos chegando?

Eu já tinha estudado na escola que a Lua terrestre não era um satélite natural, mas, sim, uma nave antiga colocada em sua orbita a milhares de anos atrás para servir de base de observação de sua quarentena. Também sabia, desde o colégio, que toda viagem no espaço é uma viagem no tempo – portanto, minhas referências estavam confusas.

O *tablet* me informou que o ano terrestre era o de 2017. Achei estranho, pois sabia que deveria atuar bem antes dessa data já que no meu *briefing* constava que entraríamos pelo portal terrestre do ano de 2026 e retornaríamos no tempo para estarmos na fase adulta e conscientes de nossa missão até, no máximo, a chegada da Frequência Erelim. Esta era a tão esperada ajuda frequencial universal para atingir a fisicalidade terrestre em 2020, vinda de fora do nosso universo local, mas que, infelizmente, para chegar em Maldek ainda demoraria alguns milhares de anos de nossa contagem temporal.

Sem mais questionamentos, confiei no processo e comecei os procedimentos de suspensão. Deitei-me na cama e dei o comando por voz. No mesmo momento o campo de força subiu à minha volta e senti uma sensação de paz e um sono que há muito tempo não sentia.

Quando acordei estava um pouco desorientado. Estava numa espécie de maca, no que me parecia um hospital, num quarto individual todo branco. Estava sozinho e não havia mais nada por lá. Nem aparelhos, nem enfermeiros, médicos, nada. Somente uma porta, sem janelas.

Eu não entendi muito bem o que estava acontecendo. Na hora, pensei que o procedimento tivesse dado errado e algo teria acontecido com a nave, já que eu estava aparentemente num hospital.

Tentei me levantar, mas rapidamente voltei para a maca, pois senti uma tontura muito grande. "Devo ter caído e batido a cabeça", pensei.

Não demorou muito chegou um belo homem, alto, cabelos longos, pele bem clara, olhos de um azul bem profundo e um semblante muito calmo que me deu as boas-vindas.

- *Seja muito bem-vindo a Terra, Vrpfhazmron.*

- *Obrigado, quer dizer então que eu estou na Terra?* Disse meio confuso.

- *Sim, está, sim. Seja muito bem-vindo! Convidados do Conselho de Saturno são sempre bem-vindos.* Disse o "médico" ou assim pensei que fosse.

Agradeci mais uma vez e perguntei.

- *Onde estou? Como faço para encarnar?*

- *Fique tranquilo. No momento você deve descansar ao máximo e, quando estiver cem por cento, será levado ao nosso Ministério da Encarnação do 6D.* Disse o "médico".

"Até que esse pessoal que cuida da Terra não é tão mal quanto me falaram, não", pensei comigo. Não entendi muito bem tudo o que ele disse, pois, minha mente ainda estava confusa, mas agradeci novamente e, quando ele saiu da sala, voltei a dormir.

Ao acordar novamente vi-me numa espécie de tenda bem grande e branca, sobre uma maca, mas agora com centenas, ou talvez milhares, de pessoas ao meu lado. Do meu lugar, eu conseguia avistar a entrada que era bem ampla e um gramado maravilhoso do lado de fora de um verde que nunca havia visto antes e um lago de águas cristalinas ao fundo.

Por alguns minutos fiquei maravilhado observando essa paisagem que nunca havia visto em local nenhum de Maldek, muito menos nas minhas viagens anteriores.

Olhando para os lados, vi muita gente acordando ao mesmo tempo que eu e outras ainda adormecidas. Dessa vez, havia um aparato sob a cama que emitia luzes de diversas cores que eram direcionadas à frente da cabeça. Imaginei que fosse algo relacionado com a recuperação de que o "médico" me falara. Mais tarde, na minha volta, viria a descobrir que não era bem isso.

Um ser muito parecido com o "médico" adentrou o recinto e disse a todos:

Sejam todos muito bem-vindos ao planeta Terra e ao pavilhão de boas-vindas da cidade espiritual Mãe Gaia, localizado na sexta dimensão frequencial terrestre, no ponto mais alto do planeta.

Aqueles que forem acordando, por favor, sigam-me para fazermos o tour de boas-vindas e o encaminhamento para o Ministério da Encarnação.

Eu já tinha recebido tantas boas-vindas que já me sentia em casa. Sentia-me querido. Era uma energia de paz, euforia, ansiedade, tudo misturado. Eu não sabia se saia correndo ou se voltava a descansar. Tudo ao mesmo tempo, uma loucura!

Resolvi me levantar e fazer o tal tour pela cidade.

Entramos todos num veículo que mais parecia um ônibus sem rodas, que flutuava a cerca de um metro do chão. Bem interessante. Para mim, um misto de alta tecnologia com um design antigo. Mas estava tudo bem.

Nesse momento veio a nossa guia simpática e falou:

- *Esse transporte é muito comum na fisicalidade, no 4D. Usamos as referências de lá para vocês já irem se acostumando.* Disse olhando bem fundo para meus olhos e sorriu.

Parecia até que ela tinha adivinhado meus pensamentos.

Sem mais delongas, entramos no ônibus e nossa turnê começou. Passamos por diversas ruas, vimos parques com uma natureza maravilhosa, bairros residenciais com casas deslumbrantes, prédios comerciais e administrativos com uma arquitetura que eu nunca tinha visto. Realmente, a cidade era, de longe, a mais linda que havia visto!

Conforme prometido, nosso passeio terminou no maior prédio da região: o tal Ministério da Encarnação. Na entrada, havia alguns quiosques com umas telas que me pareciam computadores. Fui orientado a chegar perto delas e fui recebido pelo nome que apareceu bem à minha frente com, claro, uma mensagem de boas-vindas e, abaixo, um botão para continuar, o qual pressionei.

A mensagem seguinte dizia: "a partir deste momento, declaro que concordo com todos os termos de responsabilidade descritos no documento abaixo", com um botão "concordo" logo a seguir. Procurei o tal documento "abaixo" e vi um link chamado "leia o documento aqui". Cliquei. Abriu uma nova janela com 10.387 páginas com uma letra Times New Roman de tamanho 8. Confesso que li até o fim do primeiro parágrafo, o qual continha uma mensagem de boas-vindas à Terra (de novo), antes de voltar à tela anterior e clicar na única opção: "Concordo". Afinal, quem lê essas coisas, não?

"Se não tem outra opção, para que ler tudo aquilo", pensei. E segui adiante.

"Seja bem vind..." "Próximo" – cliquei.

"Agora nosso tour virtual pela cidade de Mãe Ga..." "Próximo" - cliquei novamente.

"Você está no Ministério da Encarnação. Agora que já concordou com os termos, deve escolher as opções disponíveis na sessão de seu contrato encarnacional na 6D terrestre, imprimir o documento, assinar e entregá-lo na saída. Pronto, você já pode desfrutar de tudo o que foi acordado. Não esqueça de ler bem o contrato".

"OK", pensei. Cliquei em "Próximo".

"Seu contrato está sendo confeccionado e estará disponível sempre que necessário. Neste momento, você escolherá apenas as opções referentes à sua experiência na 6D. No momento de sua chegada à 5D, você escolherá sua experiência naquela faixa frequencial e na fisicalidade 4D." Li e apertei: "Próximo".

"Seu tempo de permanência na 6D será de uma semana terrestre. Nesse período você aprenderá o necessário das leis naturais planetárias no Pavilhão do Conhecimento, das 8 às 17 horas". Abriu-se um mapa de onde eu estava até a localização do pavilhão.

As instruções seguintes relacionavam-se a dormitórios, alimentação, lazer disponível, essas coisas. No final, as informações passadas foram impressas. Assinei o documento e entreguei na saída do pavilhão, conforme orientado.

Ao me encaminhar para o Pavilhão do Conhecimento me peguei pensando quais seriam as escolhas disponíveis já que não havia escolhido nada até aquele momento. Isso não me preocupou, pois tudo era tão organizado, bonito e simpático que não me trazia alerta algum.

Por diversas vezes me peguei pensando que talvez nossos estudos em Maldek sobre a Terra estariam equivocados, pois só encontrava pessoas calmas, sorridentes, dando boas-vindas. A cidade era impecável, tudo organizado, bonito. Como seria possível aquele lugar ser uma prisão? Será que era somente na 4D da fisicalidade? Maldek estar errado ainda vai, mas como o Conselho dos Nove poderia se enganar?

Já eram 7h50 da manhã do horário local e estava quase na hora de minha primeira aula. Fiquei bem ansioso porque teria apenas uma semana para aprender tudo sobre o planeta. Me parecia pouquíssimo tempo antes de entrar na chamada 5D, para seguir com minha adaptação rumo à 4D, onde minha missão começaria.

Entrei no prédio. Já na entrada recebi a minha corriqueira boas-vindas e percebi que éramos automaticamente identificados pelo sistema pois, assim que entrei no auditório indicado vi meu nome aparecer na entrada bem à minha frente, voando até a cadeira que me estava reservada.

Tudo era muito organizado, muito confortável. O auditório não era tão grande, mais parecia um anfiteatro. De qualquer lugar da plateia observava-se muito bem o palco, que não era muito alto. Na verdade, esse espaço se assemelhava muito às nossas salas de aula maldequianas.

Já se aproximava a hora do começo do curso, quando recebi a minha primeira mensagem da nave. Na verdade, nem me lembrava direito dela. Estava muito entretido com tudo o que estava acontecendo.

A mensagem veio telepaticamente e estava relativamente nítida. Dizia assim: *Fractalização executada com sucesso. Contamos com vocês. Sua missão já começou, lembre-se sempre dela. Se precisar falar conosco, utilize este canal.*

Fiquei um tanto ou quanto confuso com a parte do "vocês", já que só eu estava ali recebendo essa informação. Além do mais, se a fractalização tinha sido um sucesso, onde estariam meus outros fractais? Aparentemente, eu não os via. Eu não conseguia ter clareza plena na minha mente para entender tudo o que estava acontecendo.

Como tinha que absorver muita informação em pouco tempo, deixei para lá, com a certeza de que as coisas viriam quando precisasse, como sempre aconteceu.

Entre um pensamento e outro, chegamos às 8 horas local, horário previsto. Materializou-se no palco um ser muito alto, talvez uns três metros de altura, cabelos bem claros, quase brancos, olhos azuis profundos e grandes, pele branca. Nos deu, claro, as boas-vindas, apresentou-se e começou a relatar a agenda da semana.

Falou basicamente sobre toda a programação da semana, os horários, detalhes de almoço, lanches e horários de estudos complementares. Orientou quanto ao uso dos dormitórios no período de estudos através de um panfleto que se encontrava nas costas da cadeira de cada um. Estava tudo claro e entendido e, em poucos minutos, estávamos todos prontos e ansiosos para o início das aulas. Dava para ver na cara de cada um dos presentes.

DE VOLTA A ESCOLA

Meu primeiro dia de estudos foi extremamente interessante! Falamos sobre todas as particularidades das leis da matéria na 6D, onde estávamos, comparando-as com as diferenças das leis na 5D. Somente mais tarde falaríamos um pouco das leis na 4D, pois esse seria fruto de um estudo detalhado na escola da 5D. Fiquei bem animado com o tema!

O funcionamento da 6D terrestre é muito interessante. Toda a comunicação é feita telepaticamente, embora todos tenhamos os aparelhos físicos de comunicação sonora. Não há necessidade de usá-los e, por isso, o silêncio impera em todos os locais. Às vezes são ouvidos alguns sons da natureza como o vento, as águas e outros provocados por alguns animais.

As aulas também são por telepatia e as informações chegam rapidamente, como um *download* de computador. Uma hora não sabemos nada, na outra, sabemos tudo, de imediato! Bem interessante!

Sei que vocês devem estar pensando que não há nada de novo nisso, pois esse é o sistema que utilizamos em nossa educação; mas é diferente porque a 6D terrestre é mais densa. O corpo é mais complexo, a expectativa de vida é bem menor que a nossa e a capacidade de processamento de informação é bem menor do que estamos acostumados.

Assim, qualquer acontecimento que me lembrasse da minha vida fora da esfera fractalizada terrestre me trazia uma alegria muito grande e, nesse momento, eu conseguia acessar informações sobre quem sou, minha missão e outros detalhes de como vim parar aqui que já não estavam mais tão claros.

Com esse sistema de *downloads* pudemos aprender muita coisa com muita rapidez. Foi então que entendi a razão de passar "somente" uma semana naquela faixa frequencial.

O mais interessante desse período foi aprender como é a divisão frequencial das dimensões e das densidades terrestres, bem diferente do que estamos acostumados mas, em alguns aspectos, semelhante ao que vemos por aqui.

O planeta Terra possui **três** grandes faixas frequenciais de dimensões do espaço-tempo (geométricas) para experienciação de consciências individuais. A primeira dimensão geométrica é a largura, a segunda dimensão é a altura, a terceira dimensão é a profundidade. Isso todos nós aprendemos desde criança nas escolas de Maldek.

Mas existe uma 4ª dimensão: a densidade. Dimensão é uma unidade variável de medida. Todas as medidas fixas ou invariáveis, não entram na contagem de dimensão; da mesma forma, todas as medidas variáveis é que contam. Essa é a razão da densidade da matéria ser considerada como uma dimensão.

Fomos avisados de antemão que a maioria dos habitantes da 4D não considera a densidade como dimensão, por isso, com frequência, a chamam de 3D, embora, obviamente, seus engenheiros utilizem a densidade, medida variável, para seus cálculos. Vai entender.

Uma outra breve observação que nos foi feita sobre a 4D é que, muitas vezes, o tempo é considerado uma quarta dimensão. O mais interessante é que um físico chamado Albert Einstein mostrou para as consciências da materialidade mais densa que não existe separação entre espaço e tempo, portanto, o que existe é espaço-tempo. Mesmo assim separaram o tempo como uma medida unidimensional, como se as outras dimensões espaciais não possuíssem tempo.

Felizmente ainda há uma grande probabilidade desse conceito mudar e ser entendido como estudamos em nossas escolas. No ano de 1959 da experienciação consciencial terrestre de sua contagem popular, uma consciência chamada Dewey B. Larson criou o conceito chamado então de tempo 3D. Explicou que cada dimensão espacial é acompanhada de uma dimensão temporal, ou seja, não existe espaço e tempo, mas, sim, espaço-tempo e que o tempo linear é uma ilusão local. Ainda estão longe da percepção do tempo espiral e de que para a Fonte Criadora, tudo acontece num presente contínuo.

Além do mais, o desenvolvimento consciencial planetário ainda não chegou à conclusão de que o tempo na fisicalidade é uma percepção, que depende de fatores como velocidade, força gravitacional e eletromagnetismo. Se bem que grandes avanços foram feitos com os estudos da consciência chamada Einstein, ainda não conseguiram chegar a total entendimento – por algum motivo, ainda não claro para mim.

Apesar desses conceitos serem bem entendidos aqui na 6D, já nos foi avisado que o mesmo não é verdade para a grande maioria de consciências na 5D e, principalmente, na 4D. Estou ansioso para entender as razões *in loco*.

Foi extremamente interessante, também, entender as limitações das dimensões conscienciais, ou densidades conscienciais. Na Terra, apenas duas grandes faixas frequenciais de consciência individual podem habitar o planeta, a 3D e a 4D, mas existem mais três faixas de consciências coletivas.

Na faixa mais densa da consciência coletiva temos o chamado Reino Mineral. Trata-se de experiência coletiva com baixíssima noção da experienciação, mas que forma uma enorme egrégora que compõe grande parte da consciência planetária – o corpo de Gaia (assim a chamam).

Numa faixa menos densa, que já possui uma noção um pouco maior de sua experienciação, está o chamado Reino Vegetal, com todas as plantas e afins. São consciências coletivas, mas que ainda fazem parte fundamental da consciência planetária. Tanto sustentam a egrégora de Gaia, como estão a serviço de outras faixas frequenciais servindo de alimento e transmutação física.

O Reino Animal ocupa tecnicamente a 2D, a 3D e a 4D. Os humanos fazem parte dele, mas, para fins didáticos, vamos separá-los por diferença de experienciação coletiva e individual.

Bom, eu estava falando que o reino animal ocupa toda a faixa da 2D. Na primeira metade são experiências mais coletivas e na segunda metade um pouco mais conscientes de sua individualidade – apesar da experiência consciencial continuar coletiva.

A diversidade dos reinos terrestres é impressionante!

A primeira faixa de experiência completamente individualizada começa mesmo com os seres humanos na 3D. Na primeira metade, seres bem primitivos e com grandes limitações conscienciais e cognitivas. Na sua segunda metade, seres com uma certa complexidade mental e capacidade (cognitiva?) pouco limitada – onde a maioria se encontra atualmente. Nessa ocasião informaram-me que o ano na contagem da 4D da fisicalidade era 2026.

A quarta densidade consciencial na fisicalidade é também exclusividade de seres humanos chamados "Despertos". Eles são em número muito pequeno se comparado aos quase 9 bilhões de pessoas que habitam a superfície atualmente.

Esse número aumenta um pouco na faixa da quinta dimensão do espaço-tempo, mas não chega nem a 5% do total. Já aqui, na sexta dimensão, temos aproximadamente 10% das consciências – o que, na minha visão, é muito pouco para quem quer melhorar as condições planetárias. A meu ver, existiam muitos problemas naquele momento.

Pensei comigo então que minha missão do Despertar seria extremamente difícil, embora não tivesse ainda a real dimensão do problema, pois não conseguia ainda ver o que estava por trás de tudo.

Chegou então a hora do almoço e eu estava ansioso para ver como seria. As instruções eram para sair do edifício e ficar de frente para uma fonte. Ali, bastaria olhar para cima e entenderíamos. Eu não fazia ideia de como este nosso corpo da 6D funcionava e como se alimentava. Na verdade, aprendi isso na tarde daquele dia, mas aquele primeiro almoço estava me deixando intrigado.

De qualquer forma segui à risca as recomendações e fiquei olhando para cima. Ainda não tinha reparado como o céu era bonito ali. Tinha uma mistura muito suave de tons de azul, com dourado e lilás, com o fundo do espaço levemente escuro. Podia-se ver as estrelas, apesar do sol estar bem no meio do céu, emanando uma luz extremamente branca, bem como eu me lembrava de ter visto da nave.

Nesse momento senti minhas energias imediatamente renovadas. O plasma solar havia sido transmutado por este corpo de forma praticamente instantânea. Agora entendia por que o intervalo para almoço era de cinco minutos. Realmente me sentia muito preparado para encarar o resto do dia com toda disposição possível!

O que me fez achar graça foi a lembrança das informações da manhã quanto ao Reino Vegetal terrestre, que se utiliza do Sol para se alimentar num processo chamado fotossíntese. Fiquei imaginando que talvez as plantas fossem mais evoluídas fisicamente que os humanos, pois esses precisam comer e encarar todas as consequências disso, inclusive a da evacuação. Isso era inimaginável para mim naquele momento.

Olhei para o lado e todos estavam rindo. Por um momento esquecera de que a comunicação era completamente telepática e não tinha como esconder meus pensamentos. Realmente era quase impossível não saber o que o outro estava pensando, até porque, pensar e falar era a mesma coisa por ali.

Terminando meu momento de descontração involuntária, voltei para meu lugar e as aulas da tarde se iniciaram. Aprendemos então mais sobre a 6D, o funcionamento de nossos corpos e como a encarnação na 5D se passaria: iríamos com nosso corpo atual e entraríamos no corpo da 5D, assim, como vestir um casaco. Bem interessante.

O resto do dia foi bem tranquilo e logo a noite se aproximou. Na verdade, o céu permanecia exatamente da mesma forma como durante o dia. A contagem de tempo era o começo da disciplina para a atuação na 4D – isso nos foi informado logo que chegamos, pois, a percepção temporal é bem distinta entre dimensões.

Segui as orientações até o meu quarto que ficava bem próximo ao pavilhão, alguns poucos passos. Eram alojamentos individuais, pequenos, mas aconchegantes, com apenas uma porta e uma cama, que mais parecia aquela câmara de suspensão da nave. Acima dela, um aparelho muito parecido com aqueles do hospital que emitiam luzes de diversas cores na fronte dos pacientes.

Deitei-me e quase que imediatamente adormeci. Não antes de ver que o aparelho acima da cama já estava em funcionamento, emitindo cores diversas sobre o meu rosto.

Todos os meus dias nessa semana na 6D foram praticamente iguais, de rotina. Despertava por volta das 7h55 da manhã, bem a tempo de caminhar e chegar quando do início dos estudos. Não sonhava com nada; era como se fechasse meus olhos e abrisse no dia seguinte. Bem interessante.

No resto da semana nos aprofundamos nos temas da geografia planetária, divisões políticas, história dos diversos projetos, inclusive a planetária, todos focados na 6D e 5D, somente com informações básicas sobre a fisicalidade mais densa.

No último dia, focamos no processo de encarnação e vida na 5D – que, para mim, começaria no dia seguinte.

Algumas diferenças entre o lugar em que estava e aquele para onde ia me chamavam a atenção e aumentavam a minha ansiedade. Agora, havia uma necessidade de ingestão de alimentos para esse novo corpo, mas, felizmente, não existia excreção (desculpem, mas não é algo que me agrade).

Esse alimento seria como o plasma solar da 6D, mas densificado e adaptado para aquela faixa frequencial. Alguns o chamam de Fluido Cósmico, mas o nome não era importante.

A última aula foi sobre contratos. Na verdade, não me pareceu muito com uma aula. Parecia mais um comunicado do que nos esperava em termos burocráticos – como se tudo já tivesse sido escolhido e decidido. Pensei comigo que, no meu caso, o pessoal da nave e dos Dourados já tinham se comunicado e todos já sabiam o que eu iria fazer lá, não havendo necessidade de explicações. Como também não havia espaço para perguntas, segui em frente.

A CHEGADA NO UMBRAL

Dava-se, por fim, a minha semana de aprendizados e, consequentemente, o fim da minha estadia na 6D terrestre. Eu estava realmente muito animado pois tinha aprendido mais sobre o planeta Terra em uma semana do que em minha vida inteira. Pareceu-me realmente que não era tão mal assim e que minha missão seria mais fácil do que imaginava. Ou lembrava.

No oitavo dia, após despertar no meu quarto, uma mensagem surgiu numa tela na parede em frente à minha cama-sarcófago (foi como a apelidei).

Dizia para eu me dirigir ao Centro Encarnacional e dava as coordenadas exatas de como chegar lá. Levantei-me, fiz meus cinco minutos de "refeição" solar e dirigi-me imediatamente ao local indicado.

Ao chegar, reparei que já me esperavam, pois meu nome aparecia acima de uma tela na parede do fundo. Era um salão branco, bem iluminado, mas totalmente vazio. Nem pessoas, nem cadeiras, nem nada. Somente meu nome piscando na parede e uma tela abaixo. Caminhei até o local e algumas instruções apareceram na tela imediatamente.

A primeira me deu um *deja-vu* de quando cheguei ao planeta, pois tratava-se de um novo contrato para leitura, dessa vez com mais de quinze mil páginas. Resolvi ler o máximo que consegui – até a trigésima página. Já estava quase caindo de sono de tão chato e repetitivo que era.

Apesar de ter lido pouco, antes de clicar no "concordo" e seguir adiante, consegui perceber que eles realmente sabiam quem eu era. Lá no começo do contrato tinha a parte de identificação e pude ver todo o meu histórico de vida antes de chegar à Terra, onde morava, todos os trabalhos que já desempenhara (dentro e fora de Maldek), a minha promoção a Almirante e a entrada nos *Dourados*.

Além disso pude ler também que a minha documentação e autorização de entrada tinha sido emitida diretamente pelo Conselho de Saturno (que honra!). Fiquei mais tranquilo em não ler o restante das páginas e nem o contrato de entrada, pois tinha certeza de que o Conselho e meus colegas da nave tinham tomado conta de tudo – era isso que parecia, pelo menos.

Para as outras fases após o contrato, foi fundamental o conhecimento recebido da geografia e história terrestre na semana que passou. Pude escolher entre algumas opções de cidades astrais acima de locais específicos, de acordo com experiências que gostaria de ter.

Logo de cara escolhi ir para a cidade de Shambala, conhecida por toda a galáxia como um "oásis" energético na Terra. Ficava fisicamente acima do país chamado Tibete no século XXI da contagem da 4D. Era uma das opções e não pensei duas vezes antes de aceitar.

Além do aprendizado que seria mais aprofundado sobre a história planetária, imaginei que a frequência mais alta da 5D terrestre me ajudaria na adaptação do que a maioria dos humanos encarnados chamam de Umbral. Este é um termo de uma dada religião, chamada Espiritismo; teve origem no país conhecido por França, mas que é quase que exclusivamente popular no local chamado de Brasil, o qual é referido como uma região de baixa frequência energética.

Dessa vez também tive que escolher a aparência de um novo corpo, pois no 5D devemos nos apresentar de uma forma mais "humana". Na nave, meu corpo físico no 7D era muito mais alto do que o de um humano médio, possuía cabeça alongada e dedos bem maiores que os terrestres. Foi como me apresentei no 6D, mas no 5D não seria mais possível. Sendo assim, escolhi a minha nova aparência e fiquei feliz com o resultado. Pelo menos ali no computador.

Tudo respondido, cliquei em "finalizar" e no mesmo instante uma porta se abriu no lugar da tela que ali estava até então. No fim de um pequeno corredor, ainda branco e bem iluminado, havia uma sala pequena do mesmo aspecto, com um aparelho muito parecido com o de ressonância magnética dos hospitais. Ao lado, uma pessoa toda de branco com um sorriso simpático me recebeu.

Ela tinha a mesma aparência da maioria dos moradores de lá. Alta, cabelos lisos, longos e bem claros, pelo branca, olhos azuis grandes e profundos. Me disse mentalmente que estava tudo bem, para eu ficar tranquilo e que me deitasse na máquina. Eu entraria numa espécie de sono e acordaria já encarnado na 5D terrestre – em Shambala, como escolhido.

Segui rigorosamente todas as instruções e após a despedida da "médica", adormeci imediatamente.

Acordei, do que me parecia uma excelente noite de sono, num local muito semelhante àquele que fiquei quando cheguei ao planeta. Uma espécie de hospital, uma sala muito grande, branca, bem iluminada, com macas e aparelhos que parecem uma luminária acima da cabeça das pessoas e emitindo luzes para as suas testas – bem no local onde aprendi ser o chamado "terceiro olho" dos humanos.

Para onde olhava via macas e pessoas deitadas, médicos, ou algo parecido, visitando a todos. Alguns acordados pareciam conversar mentalmente com os colegas ao lado. Apesar de todos terem aparência humana, ainda não tinha certeza se a passagem para a 5D ocorrera com sucesso ou se algo havia dado errado e eu estava em algum pronto-socorro da 6D.

Foi quando olhei para minhas mãos que tive certeza de que estava em outra frequência. Meus dedos estavam menores! Coloquei as mãos na cabeça e era...humana! Fiquei muito feliz e ansioso para conhecer Shambala. Será que estava lá mesmo? Será que deu tudo certo?

Um médico muito simpático, sorridente, alto para um humano, com pele clara, cabelos loiros e olhos verdes, vestido todo de branco portando um *tablet* na mão, se aproximou.

- Seja muito bem-vindo Vrpfhazmron. Disse o médico sorrindo.

- Você sabe o meu nome! Sabem pronunciá-lo também! Respondi com muita surpresa.

Ele riu e continuou.

- Claro que sim. Estávamos te esperando! Já devo adiantar que dificilmente alguém daqui em diante conseguirá pronunciar seu nome corretamente. Portanto, esse é o momento de receber um novo nome, um apelido terrestre. Que tal Marcio?

- Marcio? Respondi. *Por quê? O que significa?*

- Nada em especial. Somente um nome comum no ocidente planetário quando você se encontrava na 6D. Além disso, escolhemos esse nome por você vir de Maldek, perto de Marte... marciano... Marcio, entendeu? Falou o médico dando risada.

Não entendi muito a graça, mas resolvi sorrir e aceitar o apelido dado, para não parecer mal-educado. De repente esse nome me ajudaria a me enturmar mais rápido por lá.

- Seu nome qual é? Perguntei.

- Arnold, prazer em conhecê-lo. Respondeu esticando as mãos na minha direção.

Como tinha aprendido na 6D que um dos cumprimentos populares no planeta era o aperto de mão, apertei a mão de Arnold.

Ele mesmo fez questão de me falar que eu estava no pavilhão de boas-vindas de Shambala e que seria levado ao pavilhão educacional assim que meu corpo energético estivesse totalmente em condições de começar nova vida por lá. Pediu-me para descansar o máximo possível naquele momento, comer e beber água – apontando para uma mesinha ao lado da minha maca.

Ali estavam um copo com água e uma tigela com algo similar a uma sopa. Tomei toda a água, comi toda a "sopa" e voltei imediatamente a dormir. Estava muito animado, até com a novíssima experiência de comer e beber na Terra, mas precisava descansar.

Quando acordei fui acompanhado por Arnold ao pavilhão educacional onde fui recebido, como sempre, com boas-vindas, sorrisos e tudo mais. Todas as pessoas ali tinham características muito parecidas: cabelos claros, olhos claros, pele clara, alta estatura para um humano.

A cidade era muito bonita. Toda em cristal, vidro, parecia. Ruas com "carros" que pareciam naves pequenas que flutuavam a alguns metros do chão. Podia ver trens também e algumas naves maiores nos céus. Os prédios eram muito altos, inclusive o que eu estava.

Por um momento senti leve confusão mental. Me veio a memória de que ao estudar em Maldek sobre Shambala, a descrição que tínhamos, segundo os documentos históricos, era bem diferentes do que eu estava vendo ali. Mas, certamente, seria só uma confusão mental mesmo. Tudo era muito novo. Compreensível.

Tinha certeza de estar no local certo, pois Arnold já me havia confirmado, mas algo não encaixava. Será que Maldek não tinha as informações corretas? Será que o que aprendi a vida inteira estava errado?

Em nossas escolas aprendemos que Shambala era uma nave energética (ou um merkaba) ligada à Confederação. Gerenciava experimentos genéticos diversos no planeta antes dele se tornar o que viria a ser: uma prisão. Num dado momento da história, essa nave teria pedido permissão para se densificar frequencialmente e fundar de forma permanente uma cidade na 5D terrestre para servir de apoio aos projetos locais. A permissão teria sido dada e Shambala estaria até hoje ativa na Terra.

Até aí tudo bem, pois aquela cidade poderia ser a nave merkaba sem problemas. Mas seus habitantes... o que aprendemos é que Shambala era uma nave de reptilianos ascensos, comandados por esferas superiores que trabalham a favor do fluxo universal do Serviço a Outros, ou frequência Crística – assim como nós. Mas o que eu via ali estava bem longe de serem reptilianos... ou mesmo descendentes desses - alguma espécie Draco positiva – mas nem de longe.

Minha confusão durou alguns segundos, mas logo passou com o pensamento de que eles também deveriam ter trocado a sua aparência quando da densificação, assim como eu fiz, por alguma razão ainda inexplicada.

Outra informação que me incomodava nesse momento era de que Shambala, ao se densificar na 5D terrestre, teria se estabelecido nos campos intraterrenos. Como certamente não estávamos abaixo da terra, pois conseguia ver o céu e a luz do sol estava presente, deduzi que isso deveria ser por conta da calibração frequencial de minhas memórias.

Afinal, como a experiência poderia estar errada e a teoria de livros e contos certa?

PREPARANDO PARA ENCARNAR

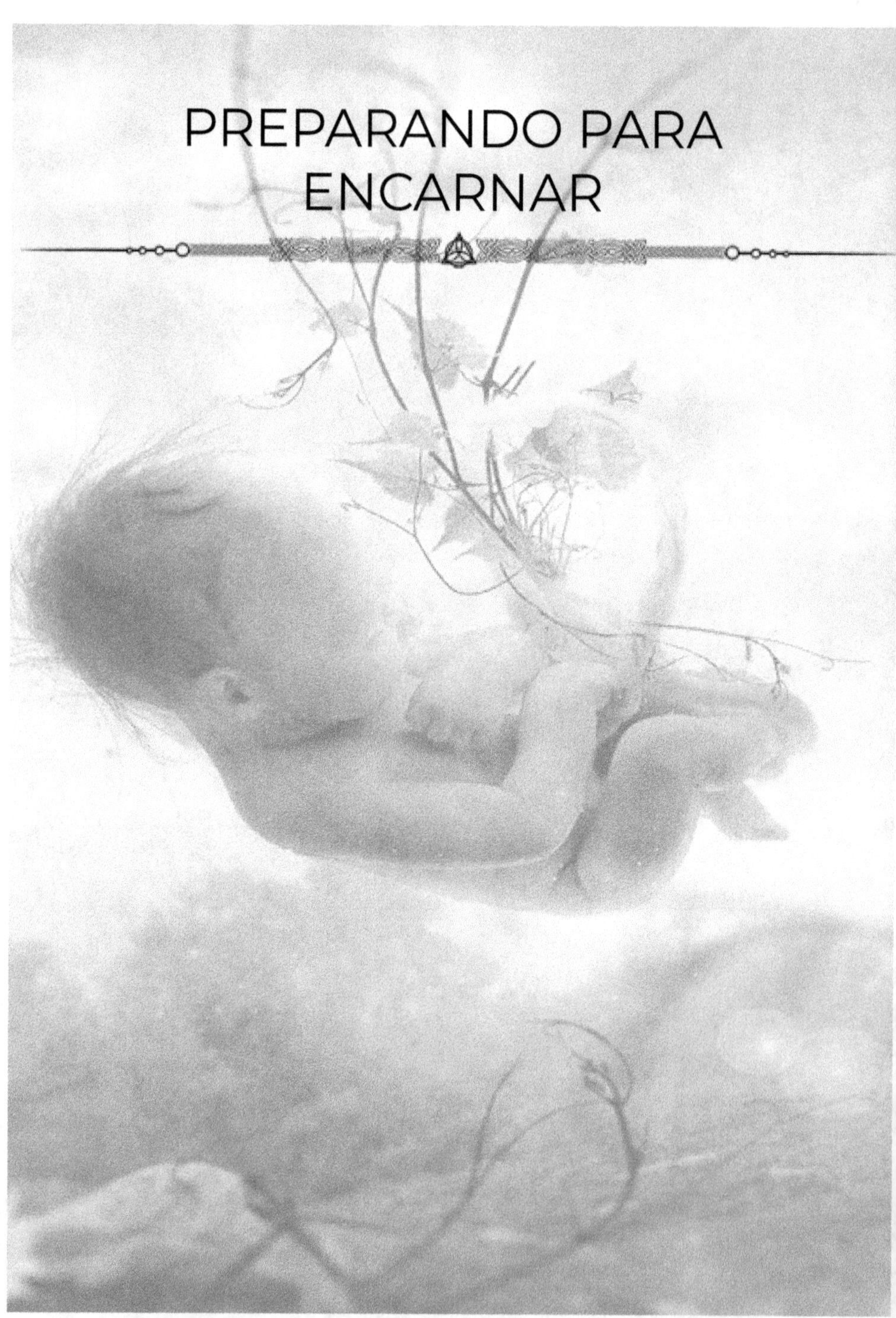

Eu estava muito empolgado e feliz desde o primeiro momento em Shambala. Tudo era perfeito, bom demais para ser verdade, bem diferente das descrições e relatos que recebi antes de vir à Terra.

Ali não encontrei nenhuma hostilidade, todos me ajudaram, fui orientado em tudo o que precisei e responderam honestamente e de forma bem completa todas as perguntas e dúvidas que tive.

Pelo menos era isso que parecia naquele momento.

Eu passei por lá cerca de quinze anos da 4D terrestre nessa primeira passagem. Digo primeira passagem pois nas minhas cinco primeiras encarnações eu voltei para lá. Já conto essa história.

No primeiro mês de experiência tive uma indução completa. Explicaram-me todo o funcionamento da cidade, suas regras – das mais simples de conduta e organização, até as mais complexas de limites e o que fazer em caso de emergência.

Fui hospedado numa casa muito boa com todas as necessidades imediatas supridas. Como uma certa forma de "pagamento" por tudo que estava recebendo, também pude trabalhar.

Durante esses quinze anos fiz diversos trabalhos, de acordo com a necessidade da comunidade e, também, com meu interesse. Fui faxineiro, auxiliar de enfermagem no hospital local, jornalista responsável pelas notícias do meu bairro e até assistente governamental – ajudando um dos diretores da cidade na organização do transporte.

Foi um período muito tranquilo que me fez não querer mais sair dessa missão. Estava bom demais. Confesso que no começo estava um pouco ansioso para encarnar, mas entendi muito bem como funcionava o processo desde a minha indução e esperei o meu momento pacientemente.

Basicamente disseram-me que existiam muitas consciências querendo encarnar e que havia uma espécie de "fila de espera", o que dependia da urgência do caso e da disponibilidade de corpos físicos no espaço-tempo escolhido de acordo com a missão ou o resgate daquela consciência, que se refletia em seu contrato de encarnação.

Como o meu caso não era uma urgência, pois eu estava somente em missão de Despertar das Consciências, fiquei mais para o "fim da fila". O que pensava muito era na necessidade desse Despertar, se todos ali me pareciam bem conscientes...

Mas, enfim, seguia esperando calmamente a minha vez. Fiquei sabendo da minha primeira encarnação na 4D terrestre quase um ano antes da primeira concepção do meu corpo físico.

Eu estava trabalhando como auxiliar de transportes na sede do governo de Shambala quando recebi mentalmente a orientação para comparecer ao Ministério da Reencarnação.

Era o prédio mais alto da cidade e mais movimentado. Fui imediatamente, a pé mesmo, pois ficava logo ao lado de onde trabalhava.

Quando cheguei à recepção o elevador já estava à minha espera. Por lá não há necessidade de se falar nada. Tudo é telepático e frequencial. Assim, todos já sabiam quem eu era, o que eu estava fazendo lá e a tecnologia disponível interagia perfeitamente com nossas mentes, respondendo de acordo com as necessidades.

Fui levado ao quinto andar, "planejamento encarnacional". Esse era o departamento de "primeiras vezes", pois quando se voltava iriamos ao sexto, sétimo ou oitavo andar para o "planejamento reencarnacional".

Quando sai do elevador já estava me esperando um rapaz muito simpático de nome David. Sorrindo e me chamando pelo nome, Marcio – claro, disse para acompanhá-lo.

Nesse dia ele me explicou tudo o que iria acontecer comigo no próximo ano e me deu uma data para a concepção. A partir daí eram nove meses (ou trinta e oito semanas lunares, na verdade) para o meu primeiro nascimento na Terra.

Eu teria de passar quatro horas por dia com ele até o momento da minha concepção. Nos primeiros meses deveria escolher e discutir todos os detalhes do meu contrato encarnacional: desde características físicas, psicológicas (como personalidade, etc.), local, data, ano, família, trabalho, enfim... todos os detalhes de quem eu seria na fisicalidade mais densa de nosso universo local.

Foram meses de trabalho árduo com David. Começamos com o meu objetivo maior, o Despertar da Consciência na Terra. Afinal, foi para isso que o Conselho de Saturno assinou minha autorização de entrada na Terra, não é mesmo?

David aparentemente entendeu muito bem isso e sugeriu que eu encarnasse bem abaixo de Shambala, no país então chamado de Tibete, um lugar muito espiritualizado e que se tratava de uma bela escola para minha primeira experiência.

Ele também sugeriu que eu fosse um monge num dos montes mais belos da região, dedicando minha vida a boas vibrações para a humanidade. Também falou que meus pais poderiam ser pessoas humildes na região e que entendessem meu propósito.

Eu concordei com todas as sugestões de David. Todas elas me pareciam muito lógicas para esse primeiro momento. Ali, uma dúvida surgiu.

- David, não terei nenhum sofrimento programado? Perguntei curioso.

Ele respondeu com um riso no rosto – *Mas você quer ir à Terra para sofrer?*

- Querer, eu não quero, mas não seria necessário um certo grau de sofrimento para entender como as coisas funcionam por lá? Disse:

- Sim, meu amigo, tens razão. Mas não vá com tanta sede ao pote, pois as emoções do outro lado são fortes e podem te desviar do teu propósito. David me respondeu com toda segurança e sabedoria de quem estava nesse cargo há mais de quinhentos anos.

Certamente, a essa altura, David já conquistara minha confiança plena. Concordamos que haveria alguns sofrimentos, como perdas familiares e alguma dificuldade de recursos, mas nada tão grave que aparentemente atrapalhasse minha missão.

Nessa primeira encarnação, eu deveria somente emitir boas vibrações para a humanidade. Era isso.

A parte que mais demorou foi a escolha da família. Como era minha primeira vez, eu não tinha laços com ninguém. Entrevistamos diversas consciências prestes a reencarnar até achar um casal compatível com meu propósito e que fosse reencarnar no período mais propício para o meu contrato.

A encarnação ou reencarnação não é algo tão simples de planejar. Vários fatores devem ser considerados. No começo eu pensava que escolhêssemos uma época, um país e uma cidade para se viver e depois faríamos o planejamento.

Na verdade, é o inverso.

Primeiro você planeja as principais características de sua encarnação e, depois, procura o melhor momento do espaço-tempo terrestre, ou seja, dia, mês, ano, hora e local, em que as frequências planetárias do nosso sistema solar estiverem de acordo com o que foi planejado.

Descobri que para cumprir minha missão eu deveria nascer no dia 7 de agosto de 675 d.C. às 17h43 no chamado vale de Yarlung, Tibete. Assim, em meados de dezembro de 674 d.C. ou de janeiro de 675 d.C. minha concepção deveria ocorrer e eu precisaria estar presente.

Quando chegou o momento certo, todo o meu contrato encarnacional estava feito e eu estava pronto para a concepção, gestação e encarne. Sabia tudo o que ia acontecer comigo. Estava muito ansioso.

Na semana anterior à concepção, fui apresentado a Donald, que seria meu guia espiritual. Achei que seria apenas para essa encarnação, mas, descobri depois, que seriam para todas elas, até minha volta à alma na 7D.

No dia e hora aprazados, meus pais encarnados se preparavam para o ato sexual quando fui levado a seu quarto por Donald – minha primeira visita à 4D, embora em outra frequência. O que víamos era muito diferente do que acontecia no quarto (e fui descobrir somente mais tarde).

Enquanto o casal estava no ato propriamente dito, nós preparávamos todos os laços energéticos do meu corpo astral 5D, no espermatozóide ainda nas glândulas reprodutivas de meu pai e, também, no óvulo da minha futura mãe, o qual estava maduro e à espera de ser fecundado.

O processo todo foi fascinante. Apesar de milhões de espermatozoides serem injetados no canal vaginal, eu estava ligado somente a um deles. Era exatamente a célula que carregava todas as informações necessárias para o melhor cumprimento do meu contrato, principalmente no que se referia a características físicas do meu corpo.

Eu estava completamente consciente do que estava acontecendo e Donald me guiava em tudo que era preciso. No momento da fecundação, senti um alívio imenso e vi a descarga elétrica que isso causou. Um momento de grande emoção.

Alguns instantes depois, o então zigoto começou a sua multiplicação através do processo conhecido como meiose, onde ele se divide sempre em duas partes. Assim, uma célula se transformou em duas, essas duas em quatro e essas quatro em oito.

Nesse exato momento meu corpo astral se ligou permanentemente ao corpo de minha futura mãe, através desse conjunto de oito células. Donald me explicou que esse é o momento em que nos ligamos ao corpo físico e que essa energia corresponde à frequência universal, traduzida em geometria. Era parte do padrão da vida em nosso universo na fisicalidade.

A partir daí, não voltaria para Shambala tão cedo. Cuidaria da confecção de meu corpo físico por todo o tempo e teria mais proximidade com a vida de meus pais. Conforme o tempo ia passando, eu começava a entrar numa espécie de sono. Adormecia lentamente até "dormir" de vez no dia de meu primeiro nascimento.

AS PRIMEIRAS ENCARNAÇÕES

Eu nasci exatamente no dia, hora, local e ano programados. Não me lembro do momento, para ser honesto. Aliás, as memórias que tenho dos meus primeiros anos de vida são muito interessantes.

Voltei à minha consciência no meu corpo astral na 5D alguns dias após o nascimento. Não tinha consciência alguma na 4D como neném. Eu só me via e à minha família quando dormia no corpo físico e desdobrava no astral. Nesse momento, o que me distraía era observar, junto com Donald, o carinho com que meus pais me tratavam e como era a vida que levavam.

Quando "o bebê" acordava, eu entrava como que num sono profundo no astral e não lembrava de mais nada. Assim foi por, aproximadamente, sete anos. Na verdade, foi gradativo. Conforme ficava mais velho na fisicalidade, era como se eu fosse acordando pouco a pouco de um sono profundo. Enquanto isso, no momento de descanso do meu corpo físico no astral, continuava ativo juntamente com Donald.

Meu nome era Trisong Trisukden. Meus pais eram budistas e eu tinha cinco irmãos. Um mais velho, duas irmãs e dois irmãos mais novos. Era uma família humilde, mas nada nos faltava.

Minha infância foi normal para a época. Meu pai me educou muito bem dentro da religião Budista o que facilitou meu ingresso como monge no mosteiro local logo aos doze anos de idade. Nesse momento, eu ainda não tinha toda a clareza mental desenvolvida, mas intuitivamente, já sabia o que fazer

Vou poupá-los dos pormenores da minha experiência na fisicalidade, mas digo que cumpri minha missão com êxito. Fui um monge muito ativo e cheguei a liderar o mosteiro Jokhang por quase trinta anos.

Essa era uma época muito boa para o país. O império tibetano estava pacificado, um sistema legal foi criado, o que ajudou muito a organizar a sociedade em geral. Muitas pessoas foram alfabetizadas no também recém-criado alfabeto tibetano e a sociedade era muito voltada a proteção do meio ambiente e da Natureza em geral.

Tudo estava muito alinhado com meu propósito. Tudo se encaixava e eu conseguia perceber isso.

Com aproximadamente dezoito anos de idade, tive a clareza mental de saber quem eu era e o que estava fazendo por lá. Não podia comentar sobre isso com todos do mosteiro, mas fiz alguns amigos mais chegados, que tive a oportunidade de encontrar mais tarde em Shambala, inclusive. Esses sabiam de tudo.

Na verdade, sofri alguns tropeços no caminho. Perdi minha irmã mais nova muito cedo, com apenas sete anos de idade. Pela primeira vez, pude provar a dor da perda. Mesmo com a certeza e a lembrança da continuidade da vida e que a morte é apenas uma passagem, a dor foi real e o sofrimento – talvez um sentimento egoísta pela saudade que sentimos - muito presente.

Também não pude estar presente quando meu pai desencarnou, pois estava com afazeres meditativos no mosteiro e só fiquei sabendo do ocorrido alguns dias depois. Isso também me deixou triste na fisicalidade, embora o tenha encontrado em corpo astral momentos após o ocorrido. Sentia muito a discrepância de sensações do corpo físico e do corpo astral. Era impressionante.

Mas o que me impressionou mesmo foi a beleza física da Terra. Era realmente muito mais do que eu esperara. A Natureza era belíssima, seus rios, montes, vales, flores, animais... tudo era perfeito. Um paraíso. "Como isso pode ser uma prisão?", cheguei a pensar por diversas vezes, sem obter resposta nenhuma.

Outro aspecto que me impressionava: os sentimentos. Como impactavam quimicamente as reações físicas, límbicas, cerebrais, endócrinas, do corpo humano. Realmente, agora eu entendia por que o DNA humano era um dos mais estudados por todo o nosso universo. O corpo humano é, na verdade, uma máquina única, uma montanha russa de emoções.

Nessa ocasião meu desencarne ocorreu de acordo com o planejado. Donald, que me acompanhou por toda a encarnação - e não teve tanto trabalho assim – veio me buscar uma noite e quando desdobrei e olhei para trás, vi meus laços energéticos se desfazendo daquele corpo na cama aos setenta e quatro anos vividos.

Nesse momento voltei pela primeira vez com total acesso a Shambala. Recuperei minha casa e até meu trabalho no Ministério dos Transportes local. Fui parabenizado por todos e já estava ansioso para a próxima encarnação! A experiência tinha sido fantástica!

As cinco primeiras encarnações foram muito parecidas. Não vou entrar em detalhes pois sei que vocês dormiriam. Vou somente contar as diferenças entre elas e o que mudou da quinta em diante que é exatamente onde quero chegar.

Nas quatro encarnações seguintes, eu tive a mesma casa, o mesmo trabalho e David para me ajudar no planejamento da volta. Donald sempre me ajudou e me orientou também, porém, somente da concepção até o desencarne.

Cada encarnação que passava eu procurava negociar uma forma de ter experiências diferentes relacionadas às emoções e ao sistema límbico humano. Queria emoções mais fortes, mais intensas. Claro, sem perder meu foco com o Despertar. Essa era a missão maior, mas ainda não tivera contato com consciências que realmente precisavam de emoções na minha concepção ou seres "aprisionados" como me falaram antes.

A todo momento me diziam em Shambala que todos era livres para fazer o que bem quisessem de acordo com o seu merecimento frequencial. Eu estava bem tranquilo.

Essas primeiras cinco idas à Terra na 4D foram bem parecidas, pois encarnei três vezes no Tibete no primeiro milênio d.C., na Mongólia e na China também. Sempre dentro do Budismo, meditando e "emanando boas vibrações" para a humanidade.

O que eu não estava reparando era que a cada encarnação eu ia esquecendo pouco a pouco de quem eu era e o que tinha ido fazer ali. Aquela clareza de ideias da minha primeira experiência foi sumindo aos poucos até o momento da minha quinta experiência.

Dessa vez concordaram que eu deveria "subir um grau" como falavam e decidimos que eu seria um soldado em Roma no ano de 64 a.C. Nessa ocasião eu já não fazia mais ideia de que era de Maldek, não lembrava mais do Conselho de Saturno, dos *Dourados*... na verdade, mal lembrava detalhes das minhas duas primeiras encarnações.

Aproveitando toda a minha vontade por "fortes emoções", David planejou um nascimento na capital mundial da época, no maior império, com o menor cargo militar.

Nessa encarnação, quando eu tinha vinte anos de idade, no ano de 44 a.C., Júlio Cesar – o imperador da época foi assassinado e eu fazia a guarda do palácio em Roma. Uma guerra civil estourou e fui morto violentamente com uma espada nas minhas costas enquanto tentava apartar uma briga na rua, em frente ao meu posto militar.

O desencarne foi quase que imediato, mas eu não percebi o que havia acontecido. Continuei tentando separar em vão a briga, sem perceber que ninguém mais me via, ninguém mais falava comigo. Donald já não aparecia para mim desde que entrei para o exército romano.

Sem saber que estava desencarnado, vivia minha vida normalmente sem estranhar o fato de que ninguém me olhava, ninguém me respondia. Assim, vi Calígula assumindo o poder e depois sendo morto em 41 d.C. Eu só fui perceber o que realmente estava acontecendo quando Otávio, filho adotivo de Cesar, vence Marco Antônio e Cleópatra na chamada Batalha de Accio em 31 a.C.

Essa batalha se passou na Grécia, ainda durante a guerra civil romana, onde eu acreditava ainda estar servindo de segurança – nessa ocasião, a Otavio. Percebi que já estava desencarnado quando um guerreiro com uma espada enorme atravessou pelo meu corpo correndo e nada me aconteceu.

Quando cai em mim, imediatamente vi Donald vindo em minha direção e pedindo para acompanhá-lo até o hospital da cidade mais próxima.

Era um local chamado "Campo da Paz" e funcionava como um pronto socorro bem "acima" de onde estávamos. Explicaram-me, mais tarde, que esses prontos-socorros estão espalhados por todo o planeta em locais distintos, fora de cidades astrais, para servir de primeiro socorro a desencarnados em condição crítica.

Eu não fazia ideia do verdadeiro estado em que me encontrava. Já sem lembrança de quem eu era, ou o que tinha vindo fazer na Terra, fiquei no hospital espiritual por cerca de três anos terrestres e ainda com a mesma aparência e roupas de soldado romano, fui levado para a cidade espiritual Namaste, a qual fica sob a Índia e por lá fiquei quase oitenta anos me readaptando, estudando, trabalhando e me preparando para a próxima encarnação.

Foi nessa cidade que me ensinaram, pela primeira vez, que "esquecemos as nossas encarnações passadas para não sofrermos e repetirmos os mesmos erros de antes". Como eu só lembrava da minha última encarnação em Roma e ela tinha sido realmente muito traumática, achei uma benção, uma ajuda sem tamanho aquele esquecimento.

Afinal, se minha última encarnação tinha sido tão sofrida, imagina o que eu não passei ou o que não fiz de errado nas anteriores?

RODA DE SANSARA

Minha vida nessa nova cidade do astral foi bem parecida com a anterior, apesar de não me lembrar de quase nada. Tinha uma casa, mas dessa vez dividia com mais consciências, tinha um trabalho e tudo era organizado de uma forma similar à Shambala.

Mas algumas coisas chamaram minha atenção. Namaste era infinitamente maior e mais populosa. Certa vez perguntei o porquê e a resposta foi que estávamos sobre a região mais populosa do planeta, entre o que é hoje a Índia e a China – os dois juntos chegam a quase um terço da população mundial.

O tempo nas cidades astrais passa de uma forma bem distinta, quando se compara ao tempo na crosta terrestre. Há um tempo que chamamos de individual e um tempo, que chamamos de coletivo. No tempo individual, você vive uma continuação dos seus anos. Por exemplo: se você desencarnou no ano de 1230, você chega do outro lado nesse mesmo ano e o ano seguinte será 1231, e por aí vai.

O tempo coletivo, ou o verdadeiro tempo da cidade, é praticamente inexistente. O passado e o futuro são completamente relativos às experiências individuais. A maneira mais fácil de ilustrar o que digo é que lá estavam pessoas de todas as épocas da história terrestre vivendo no mesmo lugar: desde consciências dos tempos mais antigos da Suméria, até pessoas dos anos dois mil. Bem, pode ser que tivesse de outras épocas, mas não consegui identificar.

Importante mencionar é que todos, independente dos anos de cada um, têm a percepção da continuidade temporal. É algo realmente impressionante.

Como eu tinha desencarnado no ano de 44 a.C. e sido resgatado em 31 a.C. dessa última vez, para mim tudo era uma continuidade disso. Fiquei nessa vida de casa, trabalho e espera por uma reencarnação cerca de noventa anos, quando tive uma sequência reencarnatória na Índia entre os anos de 2000-500 a.C. onde vivi cerca de sete encarnações, sendo fazendo o mesmo planejamento no Ministério da Reencarnação local.

Mas desta vez, eu não tinha toda a clareza da minha missão, de quem eu era e de minhas encarnações passadas e fui aceitando a maioria das coisas que foram me colocando na frente como "compensações" e "desafios" para a minha "evolução".

Na primeira encarnação na Índia, eu ainda tinha um vago sentimento de Serviço a Outros e participei, inclusive, da confecção dos Vedas, as escrituras mais antigas do Hinduísmo, por ainda ter a minha conexão com a multidimensionalidade razoavelmente limpa – apesar de minhas memorias não estarem das melhores.

Fiquei muito feliz em ajudar e com a vida que tive quando voltei de lá da primeira vez. Mas no planejamento da minha segunda encarnação por lá, fui informado que minhas ações resultaram em muitas pessoas me terem tido como guia ou guru e, que portanto, eu deveria agora voltar e ajudar todos eles a ter uma vida melhor pois estavam na miséria. Assim, reencarnei na miséria e morri de fome ainda na infância.

Isso me trouxe muitos traumas e o que chamamos de *imprints* – marcas no nosso corpo astral de impactos emocionais muito fortes que vivemos na Terra. Essas marcas ficam conosco eternamente até que, em algum momento, a gente resolva limpá-las com alta frequência, o que não aconteceria por muito, muito tempo.

Nas encarnações seguintes, pude sentir na pele o que é passar fome, sede e todas as necessidades básicas que um humano pode passar. A expectativa de vida nessa época também não era das melhores e o mais longe que consegui chegar foi trinta e dois anos de vida. Cada vez que encarnava, esquecia mais um pouco de quem eu era e do que eu vim fazer.

Essa é a chamada "Roda de Sansara" na Terra. Nós reencarnamos indefinidamente para reparar erros do passado do qual nem nos lembramos – e, muitas vezes, nem são nossos.

Explico.

Conforme vamos reencarnando sem lembranças e em condições cada vez mais complicadas, vamos invariavelmente nos metendo em novas "confusões", traumas e nos envolvendo com vibrações mais baixas.

Essas vibrações funcionam como uma "autorização" para que consciências contrárias ao Despertar da Humanidade coloquem nos corpos astrais das consciências encarnadas o que chamam de implantes.

Esses implantes podem ter diversas funções, mas o que mais me chamou atenção nessa época foi o de encarnações holográficas: são vidas inteiras, do nascimento até a morte, que a consciência não viveu de verdade, mas que existe e é real para quem recebe o implante. É como se realmente tivesse vivido aquilo! A partir daí, puxamos todas as cargas, culpas, medos, apegos e tudo mais dessas encarnações como real e isso passa a ser uma real consequência em nossa caminhada.

Para se ter uma ideia, depois das minhas sete encarnações na Índia eu estava na minha 12ª encarnação terrestre real. Mas, na minha memória encarnacional, eu acreditava estar na 34ª. Cada vez que eu ia para o planejamento reencarnatório, me apresentavam elementos de todas essas encarnações – reais e holográficas – para que eu pudesse "repor o que fiz" ou então gerar medo e/ou apego para que eu pedisse por algo e fosse atendido na próxima ida ao 4D.

No fim da minha 12ª encarnação e com trinta e quatro experiências na memória, fui levado a uma nova cidade astral, a Monte das Oliveiras, entre o que é hoje a cidade de Jerusalém e Tel-Aviv, em Israel.

O roteiro se repetia: eu tinha uma casa, um trabalho e ia ao Ministério da Reencarnação para planejar a próxima. No meu corpo astral eu tinha todas as experiências reais e holográficas, mas na minha memória somente a última encarnação (real). Todo o suposto "horror" e situações extremas de apego das holográficas me eram apresentadas em partes somente quando do planejamento reencarnatório.

Nessa altura eu já tinha ido, talvez, à maioria dos principais países da Terra e participado de seus acontecimentos: império Romano, Suméria, Egito antigo, Índia, China, Tibete, Japão imperial, Maias... Num dado momento, entretanto, eu não sei se foi algum erro ou "alguém" que realmente interveio por mim (depois fiquei sabendo que foi Donald) mas a minha próxima encarnação ia mudar o rumo da minha história no planeta.

O ENCONTRO
QUE MUDA TUDO

Eu voltei a nascer na fisicalidade da 4D terrestre, no pequeno vilarejo de Tabgha, na margem noroeste do Mar da Galileia, no ano de 17 a.C. da contagem do calendário Gregoriano

Meus pais eram de condição bem humilde. Os dois trabalhavam para o principal cultivador de oliveiras na região, prensando e fazendo um dos mais importantes azeites de oliva de toda a Galileia.

Eu tive sete irmãos: dois irmãos que nasceram da minha mãe, um irmão e uma irmã de um último relacionamento de meu pai e mais três irmãs do seu primeiro casamento do qual tinha ficado viúvo. No total éramos quatro homens e quatro mulheres e eu era o mais novo.

Comparada a outras épocas que encarnei, essa era um pouco complicada quanto à questão de casamentos, relacionamentos e o papel da mulher na família e na sociedade.

Fui basicamente criado por Miriam, minha irmã mais velha, do primeiro casamento de meu pai. Minha mãe e meu pai trabalhavam muito e meus irmãos assumiam a casa confirme iam crescendo: as mulheres cuidando das tarefas domésticas e os homens saindo para trabalhar. Um dos meus irmãos, Jacob, era rabino na sinagoga da cidade e meus outros dois irmãos eram pescadores.

Miriam fez o melhor que pode para que eu crescesse saudável e Jacob me ensinou as escrituras segundo as leis judaica na época. Também me ensinou tudo o que sabia sobre ler e escrever em aramaico e hebraico, o que era muito raro na época. Não que eu lesse muito bem o hebraico das escrituras, mas já com nove anos de idade sabia identificar o principal para me diferenciar.

Pedro e Josias, meus dois irmãos pescadores, passavam grande parte do tempo no Mar da Galileia – o qual, na verdade, é um lago abastecido pelo Rio Jordão, o qual volta no seu desague alguns quilômetros mais ao sul – e a outra parte do dia vendendo seus peixes perto da maior cidade da região: nossa vizinha Cafarnaum.

Nessa época a região pertencia ao império Romano – por isso também se falava latim e grego em alguns locais importantes. Economicamente falando, a vida não era fácil mas havia uma certa liberdade religiosa e de pensamentos, desde que não se afrontasse a ocupação ou que não houvesse alguma relação com sonegação ou calote de impostos. Nesses dois casos, a punição era severa.

Vivíamos todos dentro da lei, pagando tudo o que devíamos. Não nos sobrava muito no fim do dia, mas não cheguei a passar fome ou viver sem teto nessa época.

Nossa região não era das mais importantes do reinado de Roma e nem de toda a Galileia. Estávamos relativamente longe de Jerusalém, principal sede na época. Não tínhamos segurança alguma, assim, a possibilidade de sair às ruas de noite era nula. Deitávamos todos cedo e acordávamos cedo também.

Nas ruas era comum haver lixo espalhado, com rios de dejetos despejados no local com frequência. Eram raros os momentos em que alguém limpava o excesso. Isso acontecia somente quando impedisse a passagem ou algo do gênero.

Nossa casa possuía um cômodo somente e dormíamos todos um ao lado do outro. Quando estava muito calor, dormíamos amontoados na laje para tomar o ar fresco. Sim, com o odor do lixo e dejetos das ruas, mas já estávamos acostumados. Essa era a nossa realidade e o dia a dia da maioria esmagadoras das pessoas que viviam na região nessa época. Somente os mais ricos tinham mansões com água corrente e servos para manter tudo organizado e limpo.

Era difícil manter uma contagem precisa de tempo, pois não havia como medi-lo. Assim, frequentemente, não sabíamos as horas e nem o dia da semana, mês ou ano. A idade de uma pessoa era aproximada, pois várias vezes perdíamos a conta.

Sendo assim, eu deveria ter aproximadamente dez anos de idade quando minha vida, na Terra, mudou.

Devido às minhas diversas encarnações físicas reais e holográficas e aos períodos que passei nas mais diversas cidades espirituais do planeta, minha memória de quem eu era e da minha missão era praticamente zero.

A essa altura, a única coisa que conservava era o amor à Natureza. Ficava, em todas as encarnações, horas e horas olhando sua beleza, conversando com plantas e animais e adorava tomar banho nos rios, cachoeiras e mares – quando possível. Isso me fazia bem, mas não tinha a clareza da razão.

Nessa encarnação não foi diferente.

Certo dia eu estava brincando na praia, bem à frente do vilarejo onde morava. O dia era quente, ensolarado e praticamente não havia nuvens no céu. Deveria ser algo bem próximo à hora do almoço, no meio do dia, quando avistei uma multidão vindo na minha direção.

Saí imediatamente da água, vesti minha túnica e corri para casa para avisar minhas irmãs do estranho acontecimento. Eu nunca vira tanta gente reunida naquele local. Deveria ter milhares de pessoas, muito mais do que toda a população da região combinada. Era muita gente!

Saímos todos e ficamos na frente da praia onde estávamos, bem ao pé da pequena montanha local. Olhávamos em volta e não entendíamos o que estava acontecendo. Miriam chegou a pedir para que eu voltasse para casa, com medo de que fosse algo relacionado à Roma, mas eu a convenci a me deixar ficar ali, com todos.

Nesse momento encontramos meu irmão Jacob, que também avistara a multidão e veio ver o que se passava. Pela minha altura, eu não via nada do que estava acontecendo, somente as costas das pessoas. Pedi para Jacob me colocar em seus ombros e foi o que ele fez.

Foi então que tive uma visão que nunca mais vou esquecer. Avistei ao longe, no alto da montanha, a uns trezentos metros de onde eu estava, um homem. Com aproximadamente 1,80m de altura, cabelos castanho avermelhado batendo pelo ombro, magro, pele morena clara usando uma túnica branca, postado bem no meio de toda aquela multidão.

À sua volta havia um clarão, como se dessem espaço para ele falar. Eu via uma luz branca a seu redor, muito brilhante. Fiquei hipnotizado por alguns minutos. Infelizmente não conseguia escutar o que ele dizia, mas a imagem era bonita demais para não olhar. Além disso, sentia como se suas palavras fossem ondas sonoras físicas – não sei explicar. Como se me alcançassem e tocassem meu corpo, meus ouvidos, meus olhos...

Após alguns minutos saí da "hipnose" e pedi para Jacob para irmos mais perto. Como ele também não estava escutando o que estavam falando, concordou, e fomos os dois subindo a montanha, pedindo licença a todos. Demorou, foi difícil, mas conseguimos chegar bem perto. A cerca de uns quinze metros dessa criatura divina.

Olhei para trás e vi a quantidade de gente que tinha ali. Certamente toda a população de Cafarnaum, Tabgah, Corazin e muito mais estavam ali para ouvir esse homem. O que será que ele tinha para dizer? Sua voz era muito bem empostada, falava alto e a maioria das pessoas o escutava. Alguns mais de longe, repetiam seu discurso para quem estava mais atrás poderem entender.

No caminho eu escutei algumas coisas dos repetidores, mas não ouvia direito o que vinha dele. Ficava mesmo maravilhado com as luzes que via, com os "toques" dos sons das palavras que emitia. Era sublime.

Lembro-me de algo relacionado a "bem-aventuranças" e à verdadeira felicidade vinda do reino de Deus – que estava dentro de cada um de nós. Um consolo incrível àquelas consciências ali presentes.

Eu sentia meu corpo todo formigar. "Estou com fome", pensei.

"Deve ser isso". Falei para Jacob da minha inquietude. Nossa casa estava muito longe e havia muita gente ali. No demais, minhas irmãs estavam participando do acontecimento e certamente o almoço não estaria pronto.

Como o discurso havia acabado, algumas pessoas já estavam conversando entre si, outras indo embora e muitas cercavam o homem que antes falava.

- Quem é esse homem? Jacob perguntou a um senhor que estava ao nosso lado.

- "Jesus de Nazaré, o novo messias." Disse o senhor sorrindo e em prantos, emocionado.

- "Nazaré? Não seria de Jerusalém ou alguma outra cidade com templos?" Replicou Jacob.

Sua dúvida era pertinente na época. Nazaré era um vilarejo bem pequeno, talvez com umas vinte ou trinta casas somente e não existia nenhum templo ou algo a altura de um "messias" na região.

Foi nessa hora que, enquanto prestava atenção na conversa de Jacob com aquele senhor, ouvi uma voz ao meu lado dizendo:

- "Está com fome, Beera? Coma esse pão".

Assustado olhei para o lado e tive um grande choque. Era Jesus de Nazaré, em pessoa, me entregando um pedaço de pão e me chamando pelo nome.

Beera era meu nome nessa encarnação e significa "nascido junto ao poço", pois quando minha mãe foi pegar água no poço mais próximo de casa me deu à luz.

Não deu nem tempo de questionar como Jesus saberia meu nome sem eu falar. Ao olhar em seus olhos, castanho claros, tive uma conexão instantânea e me desdobrei consciente. Saí do corpo na 5D e o via na 5D também, mas tudo era diferente.

Aquele instante na fisicalidade deve ter durado alguns segundos – entre eu olhar, pegar o pão, agradecer e comer. Mas no meu desdobramento parecia ter-se passado algumas horas!

Permaneci o tempo todo em êxtase. Sentia todos os meus corpos multidimensionais serem limpos de *imprints,* implantes e contratos – coisa que eu só ia entender bem mais tarde. Jesus desdobrado não falou nada comigo. Só me olhava com um amor indescritível e eu sentia muita informação chegando à minha mente. Era tanta, que não conseguia nem entender o que estava recebendo.

Quando dei por mim novamente, de volta à fisicalidade, vi Jesus que se afastava caminhando e eu já havia terminado o pão que ganhei daquele mestre.

Foi a primeira e última vez que o vi. Depois fiquei sabendo de histórias, de que ele havia morrido e ressuscitado algum tempo depois; mas essa era uma conversa proibida na região. Mas isso não me importava.

A partir desse momento eu retomei toda a minha clareza de quem eu era e do que vim fazer na Terra, tanto desdobrado, quanto na fisicalidade. A partir dali eu era uma criança com mente de adulto multidimensional e pude redirecionar a minha encarnação e as seguintes para o meu propósito – graças ao Mestre.

A partir desse dia, Donald reapareceu e eu podia conversar com ele o tempo todo. Ele me explicou quem era Jesus e eu consegui receber toda a informação na mente. Ele era o ancoramento da Energia Crística, na Terra. O desdobramento do Criador de todo o nosso universo local, exercendo sua última outorga como primeiro engenheiro sideral a encarnar na fisicalidade mais densa, tendo escolhido a Terra pela mesma razão que eu: sua importância multidimensional e a deturpação de um planeta laboratório em prisão.

Todas aquelas informações colocadas em meu campo astral iam sendo disponibilizadas novamente no meu consciente conforme eu meditava, estudava e aumentava minhas vibrações no físico. Era um alívio retomar a consciência.

Com toda a informação recuperada, um pensamento me assolou nos últimos anos de vida: como eu me esquecera da minha missão, se tinha sido tão bem assessorado até aquele momento? Onde estava o erro?

Foi quando eu consegui acessar a verdadeira história daquele homem, Jesus. Numa das minhas meditações, conectei-me com a Natureza local à beira do Rio Jordão e consegui fazer o *download* de tudo.

A vida de Jesus na Terra ainda não havia acabado! Isso me surpreendeu muito, pois escutamos boatos de que ele havia morrido na cruz e depois ressuscitado e sido levado aos céus. Mas a informação que eu acessava era que ele estava vivo sim, em algum lugar do planeta, ainda ancorando a Energia Crística.

Conectei-me mentalmente a isso e, finalmente, consegui acesso consciente ao meu EU SOU. A partir daquele momento, aproveitei ao máximo a clareza da conexão e consegui fazer uma revisão de todas as minhas encarnações e experiências até o momento.

Seguindo o próprio exemplo do mestre, recolhi-me em meditação por quarenta dias. Pude relembrar todas as encarnações, consegui separar e identificar os hologramas e fui revisando contrato por contrato que foi quebrado e retirado no encontro com Jesus – sabendo da fonte o *modus operandi* dos carcereiros terrestres.

Eu Despertei. Agora, tinha que traçar minha estratégia para voltar à 5D e lutar contra tudo e todos, o que não demorou a acontecer, pois desencarnei alguns dias depois.

RECOMEÇO

No momento do meu desencarne, Donald estava comigo. Basicamente fechei os olhos e quando abri já estava com o meu corpo da 5D. Tudo estava muito claro para mim.

Donald me levou então para um local de segurança. Esse foi o nome que deu para uma criação mental que fizemos: imaginamos os dois uma paisagem bem bonita terrestre. Um campo bem verde, uma floresta ao fundo e uma linda cachoeira no meio, bem alta, com pássaros voando, muitas flores, uma brisa quente e confortante. Não demorou muito para estarmos exatamente lá.

Esse era o local perfeito para recomeçar a minha jornada. Ali, ninguém poderia nos achar. Era um holograma controlado – criado por nós para que nós mesmos nos resguardássemos. Era um momento de meditação, de contemplação e recuperação total das memórias anteriores. Da procura de uma reconexão com a minha essência, para que eu nunca mais me desviasse do meu propósito e caísse novamente nas armadilhas da Terra e sua Roda de Samsara.

Ali pude revisar alguns conceitos aprendidos antes de vir à Terra, relembrar todas as minhas experiências em todas as dimensões terrestres, fossem elas reais ou holográficas, e entender, finalmente, como funciona o mecanismo da prisão.

Todas as consciências que me receberam e interagiram comigo como dirigentes, médicos e orientadores em todas as dimensões que passei, por todas as cidades, são, invariavelmente, agentes penitenciários terrestres.

Eles se passam de "cuidadores", "preocupados" e "bonzinhos" para conquistar sua confiança e te ludibriar na direção em que foram muito bem treinados.

Cheguei até mesmo a desconfiar de Donald naquele momento. Afastei-me e o questionei mentalmente de forma agressiva. Nesse momento ele sorriu e me disse:

- Está na hora de você saber realmente quem eu sou.

 Ele fechou os olhos e uma luz branca saiu de sua testa e veio em direção à minha. Num momento eu não sabia quem ele era, no momento seguinte, eu sabia tudo. Ele era EU MESMO!

Sim, um dos fractais da minha Alma que já havia despertado na Terra e estava em missão de ajudar os demais – inclusive eu naquele momento, uma das manifestações fragmentadas da minha consciência na 7D fora do planeta. Aquela revelação foi maravilhosa e surpreendente. Eu mesmo voltava a um suposto "passado" para me servir de guia no Despertar. A sensação foi indescritível.

Mais aliviado, continuei com a meditação e reconexão, possibilitando que meus *downloads* das informações ocultas acontecessem e ficassem disponíveis na minha mente naquele momento.

Percebi que o planeta possui diferentes níveis de barreiras de frequência físicas, as quais contribuem para o processo de esquecimento e engodos.

A primeira e mais densa é a camada de formas-pensamento na superfície da 4D. Ela existe em qualquer local do espaço-tempo e é resultado do conjunto de pensamentos, crenças e emoções da população encarnada; ela "polui" o astral, fazendo com que a captura de informações e a conexão com seus corpos superiores multidimensionais fiquem mais confusas. Consequência, uma ação "anestésica" na consciência, deixando o encarnado mais suscetível a investidas da oposição ao Despertar.

Outra camada que permeia a 5D é a holográfica, chamada "infra dimensões". São situações, cidades ou mundos inteiros que são criados por qualquer consciência, ou o conjunto delas, para um determinado propósito. Um processo semelhante ao que fizemos para o nosso local de segurança, mas sem a consciência do que está sendo feito.

Explico: imagine uma pessoa que vive na idade média e é extremamente católica. Ela acredita piamente que só existe uma vida, que Jesus vai voltar em carne e osso, o que Diabo nos tenta a todo momento e que quando morremos somos julgados para irmos eternamente para o céu ou para o inferno.

Quando essa pessoa desencarna, o que ela acredita com todas as suas forças é exatamente o que vai acontecer com ela. Todos os católicos nesse caso, incluindo essa consciência, criaram (ou foram induzidos a tal) esse mundo pós morte. Assim, dependendo da sua condição de culpa, apego e medo na fisicalidade, essa consciência vai viver um holograma de julgamento e será levada – por ela mesma – para o céu ou para o inferno com todos os pros e contras dessa viagem. O mais preocupante é que ela ficará por lá por tempo indeterminado, até que sua consciência – por um motivo ou por outro – comece a desconfiar que algo está errado e sua vibração permita um resgate (dela com ela mesma, como aconteceu comigo).

Isso vale para qualquer religião, crença, doutrina, filosofia... ou até para um ateu mais radical! Se você realmente crê com todas as forças que a morte é o fim, você ficará por tempo indeterminado vendo uma tela preta – o fim, segundo seu conceito.

É impressionante como a mente molda as realidades nas dimensões terrestres – e essas realidades são manipuladas.

A coisa fica mais complicada no caso das pessoas que repetem sequencialmente esse comportamento. Quando encarnadas, elas acabam entregando toda a sua energia (ectoplasma) a essas causas. Esse material é o "tijolo desconstrução" da 5D – toda cidade astral é feita disso, seja ela a favor ou contra o Despertar. Aliás, existem agentes duplos em todas elas.

O funcionamento da prisão é engenhoso. Ninguém é obrigado a nada. Você faz ou não faz se quiser. Eu mesmo não fui obrigado a escolher nada, nem a encarnar. Escolhi tudo de acordo com a minha percepção do momento. O que eles fazem, sim, é manipular a sua percepção. Mas a escolha final é SUA!

Genial.

Mas o que deixa essa prisão ser quase perfeita, também é a chave de saída. Se eu sou o senhor do meu destino, eu também posso escolher sair daqui. Despertar. Claro, da mesma forma, escolher não despertar – as consequências dessas escolhas são minhas.

Quanto mais nos deixamos levar pelas manipulações do sistema, mais difícil será despertar. Chega um momento em que as autorizações de encarnação e contratos são apenas frequenciais, não conscientes. Isso significa que sua vibração está tão baixa que você "dá autorização" para que eles escolham por você. A partir daí, fica extremamente complicado despertar e as consciências passam a servir quase que exclusivamente de "bateria" para os carcereiros, diretores e donos da prisão.

Eu não sei o que teria acontecido comigo, se não fosse o encontro com o Mestre.

Essas autorizações frequenciais funcionam como uma bola de neve. Cada vez que você reencarna, carrega mais problema: mais apego, mais medo, mais angústias... consequentemente fica com mais *imprints* e abre a possibilidade para chips e implantes também.

Um dos tipos de implantes eu já comentei: encarnações holográficas. Aquelas vidas inteiras que você nunca viveu, mas são implantadas na sua memória para que você absorva toda a carga energética.

Mas existem outros implantes também, como os físicos. Eles podem ter diversas funções: rastreamento, bloqueios de centros energéticos, doenças, controles psíquicos e por aí vai. Tudo visando a perpetuação da consciência na prisão Terra.

Mas quem são "eles" afinal? Quem são esses carcereiros, diretores e donos da prisão?

Essa era uma informação que eu tinha no meu campo, mas que não conseguiria baixar naquele momento. Donald me explicou que "tudo tem seu tempo". Realmente, já era muita informação para aquele momento. Certamente, mais à frente, eu voltaria a entender aquilo tudo.

Eu estava muito surpreso em perceber quão engenhoso era esse sistema da prisão Terra. Como podia eu, uma consciência treinada e experiente, ser enganado daquela forma!

Foi então que Donald me chamou para seguirmos adiante. Iríamos a uma outra cidade espiritual, essa mais inclinada ao lado favorável do Despertar, onde eu faria uma nova preparação para minha próxima encarnação.

Sorri e, sabendo que era eu comigo mesmo, deixei-me levar; num piscar de olhos estávamos lá.

ARUANDA

Quando cheguei me encontrava numa praça central. As pessoas andavam de um lado para outro, como em qualquer outra cidade. Olhei para o lado e vi Donald, que pela primeira vez estava comigo presente numa cidade do astral.

- Donald? O que faz por aqui? Perguntei surpreso.

- Esta é a minha casa quando venho visitar a 5D ou em missões para a 4D, respondeu, sorrindo.

E continuou dizendo que Aruanda era o local mais adequado para sua frequência e que ali se encontravam grandes consciências a favor do Despertar da humanidade. Claro, como em qualquer local – sem exceção – de toda a multidimensionalidade terrestre, existem consciências dos dois lados. Mas todos cumprem com as regras universais estipuladas e acordos feitos entre as partes.

Fiquei extremamente surpreso com o comentário e, mais ainda, de que isso acontecia por todo o planeta. Não podia imaginar os dois lados convivendo num mesmo local.

- Você vai entender isso, ou melhor, relembrar isso, em pouco tempo. Não se apresse, disse, ainda sorrindo, com toda a calma e paciência.

Donald então nos levou à sua casa. Era simples, mas funcional, bem parecida com as que vivi em outras colônias. Ele me mostrou o local, como tudo funcionava, e disse para eu me sentir em casa. Foi o que fiz pelos próximos anos até minha próxima encarnação.

Mas até lá muita coisa aconteceu. Vamos por partes.

Nos dias que se sucederam à minha chegada, Donald fez questão de me levar em *tour* completo por Aruanda. Conheci todas as ruas, casas, prédios, organizações, comércios e áreas de lazer possíveis. Incluindo as diversas escolas e universidades das mais diversas vertentes, de acordo com o que a consciência mais se identifica na sua vida na Terra.

Depois de alguns dias nessas "férias", passeando e conhecendo minha nova morada, Donald me disse que chegara a hora de retomar meu projeto, começando com os estudos na Universidade do Despertar.

Foi um dos últimos lugares que visitamos. Era uma casa muito bonita, branca, com três andares, que ocupava um quarteirão inteiro, mais afastada do centro da cidade. Possuía um gramado lindo na entrada e aos fundos começava uma reserva florestal fenomenal, com diversos tipos de aves e animais, cachoeiras, rios e lagos. Um lugar realmente especial!

Entramos, eu e Donald, e na porta o reitor já nos esperava. Uma figura muito simpática. Moreno, cerca de dois metros de altura, careca, olhos verdes claros e um semblante de paz como nunca vira no planeta.

O que mais me chamou a atenção, é que por lá todos conversavam como na Terra: abrindo a boca e falando, como se houvesse a mesma estrutura de ar, cordas vocais e som propagado da fisicalidade 4D. Somente eu e Donald conversávamos por telepatia – a verdadeira comunicação da 5D, acima.

Raphael, o reitor, se comunicava com todos apenas com o pensamento. Mais tarde iria aprender que todos ali na Universidade se comunicavam assim. Ninguém "falava".

Após conhecer todas as instalações internas, fomos para a sala do reitor, conversar. A telepatia tem algo de curioso pois não precisamos entender as coisas palavra por palavra. A informação simplesmente vem e entendemos. Assim, respondemos com o entendimento e a outra pessoa já recebe isso e por aí vai. Assim, nossa "conversa" durou apenas alguns segundos.

Ficou decidido, então, que eu faria presencialmente o curso completo chamado Educação Consciencial lá na Universidade do Despertar. Utilizando o tempo da Terra como referência, eu ficaria cerca de trinta anos nesse curso para cumprir todos os módulos. A ideia era que eu lembrasse por completo de quem sou, o que vim fazer

e tudo o que preciso para continuar a minha missão a partir dali –
e que essa informação não saísse mais do meu campo frequencial,
independentemente de encarnações futuras. Claro, meu cérebro físico
não teria essas informações desde o nascimento, mas estando sempre
presente no meu campo, bastaria eu estudar na fisicalidade para
receber os *downloads* imediatos.

Vou tentar resumir para vocês o que foram os meus trinta anos seguintes.

Minha rotina era bem simples: descansava (e desdobrava – mas isso
comento mais adiante) todas as noites. Alimentava-me uma vez ao dia,
pela manhã, antes de ir estudar e já era suficiente para o resto do dia.

Em seguida, eu trabalhava por cerca de duas horas terrestres na
organização e limpeza do nosso bairro residencial. Ao terminar,
ia direto para a Universidade do Despertar. O metrô de Aruanda
era bem eficiente e morávamos bem perto da primeira estação da
linha e eu estudava na última. Assim, entrava no trem e cerca de dez
minutos depois já chegava ao meu destino – a apenas três minutos
de caminhada.

Ao chegar à Universidade, todos os dias, sem exceção, Raphael
me esperava na porta e caminhava comigo "conversando" sobre os
mais variados assuntos até chegarmos à sala de aula. Essa, era bem
curiosa: redonda, sem cantos e toda branca, mobiliada com poltronas
extremamente confortáveis. Os professores, que eram vários,
apresentavam suas aulas projetando-as mentalmente nas paredes por
todos os lados e depois a "lição" do dia nos era enviada telepaticamente
para ficar em nosso campo frequencial.

Mais do que como as coisas funcionavam por lá, eu quero passar para
vocês o que aprendi. Tanto sobre a cidade, as outras cidades astrais
e o funcionamento do planeta Terra. Aprendi e reaprendi, melhor
dizendo. Algumas coisas nos já estudáramos por aqui em Maldek,
mas muitas – muitas mesmo – nós não fazíamos nem ideia do que se
passava por lá. Aliás, não fazíamos, pois, agora o Conselho dos Nove

já está a par desde que voltamos.

As primeiras lições foram todas sobre Aruanda. Ficamos quase um ano todo terrestre estudando a fundo o funcionamento da cidade e o que ela significa no planeta e finalmente entendi o que Donald havia me falado de "dois lados trabalhando no mesmo local".

A cidade de Aruanda é uma nave, um *merkaba*. Ela não tem um local fixo no planeta como escutamos sobre Shambala, por exemplo, que ficaria acima do país conhecido como Tibete. Aruanda se desloca por todo o planeta na 5D do espaço-tempo conforme a necessidade/missão.

Inclusive esse nome, Aruanda, é como os habitantes de meu último país encarnacional – o Brasil – a chamam, mas ela tem diversos nomes de acordo com as diferentes línguas dos diversos países do planeta.

Todas as cidades astrais no 5D, sem exceção, possuem um Ministério da Reencarnação, hospitais e diversas escolas de acordo com a filosofia local. Em Aruanda encontramos diversas escolas filosóficas alinhadas com a espiritualidade terrestre.

De uma forma mais prática e levando em consideração toda a história da Terra na fisicalidade 4D, Aruanda comporta consciências alinhadas com algumas linhas doutrinárias da fisicalidade desde alguns grupos da Atlântida, Lemúria, Suméria, Egito (principalmente da época de Akhenaton), Maias, várias tribos nativas das Américas, África e Austrália e suas religiões e doutrinas descendentes como o Espiritismo, Ifa, Candomblé, Umbanda e por aí vai – até por isso não era incomum procurar literatura sobre a cidade na fisicalidade e escutar que o local é povoados por "pais velhos", "orixás" e outros nomes da crença de raiz africana.

Mencionei Akhenaton, faraó do Egito entre os anos terrestres do calendário Gregoriano de 1351-1334 a.C., porque ele esteve aqui se preparando para reencarnar antes dessa experiência. Não somente em

Aruanda, mas na Universidade do Despertar.

La não se dá muita importância para os nomes dos personagens das consciências enquanto encarnadas, mas aprendemos também que o próprio Jesus – o mestre que me resgatou – teve uma passagem breve pelo local.

Toda a cidade funcionava de forma harmônica, mas aprendemos também que a Universidade do Despertar atuava de forma independente do resto. Explicaram que essa iniciativa era um acordo feito para que consciências se preparassem para encarnar com o objetivo de Despertar da humanidade, sem nenhuma interferência da oposição. Também aprendemos que existem locais em que a oposição faz o mesmo, de acordo com o seu objetivo, onde também não podemos interferir.

Mais tarde estudaríamos esses acordos.

EDUCAÇÃO CONSCIENCIAL

Vou tentar passar para vocês, em poucas palavras, os trinta anos de Aruanda e dos conhecimentos que adquiri – ou relembrei - no curso de Educação Consciencial na Universidade do Despertar.

A Terra é um planeta prisão, apesar de escutarmos tudo menos isso em qualquer local que passei na multidimensionalidade do planeta. Isso porque só acontece o que é do interesse desse grupo dominante – salvo os acordos, que falaremos mais adiante.

O mais interessante é que a Terra não foi criada para ser um planeta prisão, pelo contrário. Ela foi criada para ser um laboratório de experiências multidimensionais, neutro e com a maior diversidade e pluralidade de experimentos possível.

Como vocês já sabem, a cada dez planetas habitáveis na fisicalidade universal, um deles é separado para ser um laboratório. Chamamos isso de "planeta decimal". Nele, são autorizadas as experiências necessárias para a diversificação das espécies e experimentos por todo o universo local, pelas mais distintas raças.

Assim a Terra foi criada. Na verdade, ela é conhecida como Urântia. Terra é o nome que seus habitantes deram.

A localização de nossa galáxia, do nosso sistema e, principalmente, da Terra é extremamente privilegiada em nosso universo local, fazendo com que se tornasse um dos principais laboratórios do universo!

A Terra possui a capacidade de abrir e fechar portais multidimensionais a todo momento. Eles podem servir para percorrer distâncias astronômicas em apenas frações de segundos, fazendo com que grupos de raças distintas de diversas galáxias venham para cá e voltem com mínimo esforço, sem gasto energético.

Além disso, o planeta está perto da capital administrativa da fisicalidade do nosso universo local, Salvington. Toda civilização pode tirar proveito dessa proximidade com quem governa nossa realidade, com seu local principal de experiências.

Sendo assim, a história planetária é repleta de politicagem, briga por interesses e manipulações para fazer valer as mais distintas agendas. Não é à toa que as Federações, Conselhos e demais administrações universais já interferiram aqui por demasiadas vezes – até o "presidente" do universo local encarnou por aqui em sua última outorga, como Jesus de Nazaré, com a finalidade de ancoramento da energia Crística – ou do Despertar, como queiram.

Essa inclusive é outra história extremamente interessante, mas... continuemos.

Mas apesar de todos esses percalços políticos, a Terra teve em sua história um excelente funcionamento no que tange a servir como laboratório de experiências. Diversas delegações foram para lá e implantaram com sucesso seus experimentos. Isso é extremamente evidente até hoje, pois não há em nosso universo local outro planeta com tamanha diversidade em todos os reinos da Natureza: mineral, vegetal e animal. A vida na Terra é um conjunto de experimentos de diversas raças de distintas galáxias e dimensões de todo o nosso universo local. Realmente um lugar único.

Mas, infelizmente, num determinado momento de sua linha temporal principal, a politicagem e a manipulação se descontrolaram e quebraram o equilíbrio da dualidade que é intrínseca à experienciação do nosso universo local.

Falo linha temporal principal, porque tudo isso é fruto de uma guerra temporal. Aliás, "tempo" é uma percepção. Bem, mais tarde falaremos sobre isso.

Para entendermos tudo isso, precisamos realmente estudar a história universal, galáctica, sistêmica e planetária. Imagine que estou resumindo trinta anos de estudo em algumas palavras. Inclusive, algo assustador para nossa história planetária nos foi apresentado.

Num dado momento dessa linha de tempo da Terra estavam por lá vinte e duas delegações com diversas raças e projetos implantados nesse laboratório planetário. Como um planeta neutro, a Terra recebia consciências de todos os locais de braços abertos. Mas também como todo planeta habitável na fisicalidade, possuía um governador que se chamava Caligastia.

Na fisicalidade 4D, diversos seres, com diversas aparências, de diversos projetos habitavam os "quatro cantos" do mundo. Claro que alguns contratempos aconteciam, mas nada que não fosse resolvido na diplomacia.

Eu já expliquei para vocês o porquê da 4D ser a fisicalidade? Muitos chamam de 3D (altura, largura e comprimento). Na verdade, essa confusão se dá pela definição de dimensão, a qual precisa necessariamente ser uma variável. Caso seja uma constante, não deve ser considerada. Pois bem, quando encarnamos estamos, sim, na dimensão 3D geométrica, mas a densidade dos materiais físicos é uma variável, portanto deve ser considerada – sem densidade, não há matéria. Assim, 4D. Converse com um engenheiro ou um químico para entender melhor como a densidade faz toda a diferença no estudo da matéria.

Voltando, a situação em nosso bairro galáctico se complicava. Começava então a famosa Guerra de Orion, que em pouco tempo tomou conta de todo o nosso quadrante. De um lado, tínhamos o chamado "Grupo de Orion" com seres reptilianos, insectoides, dracos, greys e humanos "nórdicos". De outro lado, o Concilio de Andrômeda formado basicamente por andromedanos, arcturianos e humanos arianos.

Fica difícil definir os lados pelas raças, pois nos dois lados havia grupos distintos apoiando um lado ou o outro. Por exemplo: os felinos jogavam para os dois lados, alguns arcturianos favoreceram o Grupo de Orion e vimos reptilianos apoiando os andromedanos. No geral era isso.

Devido ao uso abusivo de armas de extinção em massa, a guerra sofreu intervenção superior e foi suspensa. De um lado do espaço-tempo do nosso quadrante ficou o Grupo de Orion e do outro o Concilio de Andrômeda. No meio foi traçada uma faixa neutra e a Terra se localiza exatamente nesse espaço.

Alguns esclarecimentos: Andrômeda é a nossa galáxia vizinha e alguns de seus habitantes vieram para cá nos ajudar a combater uma raça espectral que havia sido expulsa de sua galáxia, e que veio para cá durante a Guerra de Orion. Essa raça espectral estava manipulando o Grupo de Orion nos bastidores, sem que soubessem (e ainda estão, na linha de tempo terrestre). Por isso foi formado o "Concílio de Andrômeda".

A órbita de nosso sistema solar ao redor da estrela de Alcione, leva aproximadamente onze mil anos terrestres de um lado, cerca de quatro mil anos na zona neutra e onze mil anos de outro lado da guerra.

Na primeira vez que o sistema solar entrou no lado do Grupo de Orion, um acordo foi feito com Caligastia, o governador planetário, sem o conhecimento dos conselhos superiores, para o recebimento de prisioneiros de guerra. Ele autorizou a vinda de trilhões de consciências prisioneiras de guerra dos dois lados e prisioneiros políticos também, além de alguns outros grupos de interesse.

Esses grupos são consciências que não tinham necessariamente nada a ver com a guerra, mas, de alguma forma, estavam "atrapalhando" os planos dos aliados de Caligastia, e foram enviadas para cá também sem saber para onde estavam indo. Foram, de alguma forma, enganadas e ludibriadas. Muitos são voluntários do Despertar na fisicalidade.

Quando todas essas consciências chegaram à Terra, o caos se instalou. Inimigos de guerra se encontraram e inúmeras batalhas foram travadas em toda a multidimensionalidade terrestre.

Nessa época, não havia véu entre dimensões e a comunicação era aberta, inclusive com a Natureza. Essa realidade mudou através da baixa de frequência que aconteceu em todo o planeta devido aos pensamentos e atitudes do conjunto do inconsciente coletivo dos novos habitantes.

Isso favoreceu o caos também na fisicalidade 4D. Nessa época, também chegou um grupo que os humanos apelidaram de Annunaki, ou "aquele que veio do céu" na língua local.

Essa história é importante porque foram eles que modificaram os projetos humanoides no planeta e criaram a raça humana chamada de Homo Erectus, depois a Neandertal/Sapiens que deu origem a Sapiens Sapiens e assim por diante.

Todas essas modificações genéticas partiram de projetos distintos das vinte e duas delegações presentes no planeta, mas, novamente, por uma politicagem galáctica, os chamados Annunaki acabaram assumindo um dos projetos já existentes e praticamente fizeram o que bem entenderam enquanto toda essa loucura de guerra de Orion e chegada de consciências estava acontecendo. Fizeram e não foram notados.

Digo isso porque, mais tarde na história, eles dividiram o mundo entre eles (eram doze os principais) e um dos líderes do projeto humano, de nome Enlil, deu origem às principais religiões depois da vinda do Cristo – inclusive se apresentando como um "deus" (claramente se posicionando contra o Despertar da humanidade). Uma confusão.

A Confederação Galáctica interveio e eles foram afastados oficialmente da fisicalidade por volta do ano 400 a.C. Digo oficialmente porque começaram a agir nos bastidores a partir de então com uma força quase sem oposição a partir do ano 700 d.C. Num dado momento histórico no século XXI, planejaram sua volta oficial. Mas isso, eu conto na minha última encarnação, pois eu estava lá para ver.

Toda essa confusão de Annunaki, prisioneiros de guerra, Caligastia, vinte e duas delegações fizeram com que a frequência de Terra baixasse drasticamente. A faixa dimensional chamada de 5D foi completamente tomada por conflitos entre inimigos galácticos históricos e a consequência disso foi a formação de uma faixa frequencial que, mais tarde, seria chamada de Umbral.

A partir daí ela serviu como isolamento entre a dimensão terrena da 4D da fisicalidade dos encarnados e a 6D, faixa maior de vibração. A comunicação entre as faixas praticamente não acontecia mais devido à interferência e à densidade da 5D.

O tempo foi passando e as vagas encarnacionais aumentaram. Com isso, mais consciências de conflito da 5D começaram a encarnar na 4D levando a densificação para essa dimensão. Essas formas-pensamentos dos encarnados resultou na mesma baixa frequencial. Mais uma vez a consequência foi a barreira de comunicação e informação com as dimensões superiores.

Nesse momento, somente as consciências na 6D conseguiam ter clareza quanto ao que acontecia nas dimensões inferiores e ainda se comunicavam com as superiores. As diferentes raças e grupos então, percebendo a confusão, decidem tentar resgatar os seus e invadem a 6D terrestre. Mais uma vez o conflito se instala e a última dimensão é contaminada, isolando por completo as três dimensões da fisicalidade fractal terrestre através das barreiras de frequências conscienciais causadas pelos próprios habitantes.

Finalmente, chega nos ouvidos dos conselhos sistêmicos, federações e confederações o ocorrido que, imediatamente, tomam a decisão de isolar o planeta e fazer uma auditoria do acontecido.

O resultado disso transforma a Terra num planeta de quarentena onde "ninguém entra e ninguém sai" até que tudo fosse esclarecido e as devidas ações fossem tomadas.

Nenhum problema aparente. Até concordo com a decisão. Caligastia então e destituído de seu cargo e doze consciências Melquizedeques são colocadas na administração da quarentena.

Vocês já devem ter estudado que as consciências Melquizedeques são ânsias e participam de projetos especiais na fisicalidade do nosso universo local.

O único "detalhe", que não estou certo se alguém atentou, é a percepção temporal na esfera terrestre. Enquanto um ano se passa na federação sistêmica, vinte e seis mil anos se passam na fisicalidade 4D terrestre. No fim da minha última encarnação tinham-se passado cerca de 3 anos e meio aqui fora, mas lá, para os encarnados, foram cerca de noventa e um mil anos.

Um estrago de três anos e meio não se compara ao rombo, praticamente irreversível, de mais de noventa mil anos de "terra de ninguém". Sim, porque foi isso que a Terra virou, com o perdão do trocadilho.

Foi assim que surge a Terra-prisão. Um planeta em quarentena possui mecanismos que fazem com que seus habitantes percam a memória de quem realmente são, com o intuito de acabar com certos conflitos. Assim, em teoria, os inimigos não mais lembram quem são. Em teoria.

Para que isso aconteça, é necessário que haja encarnação e reencarnação na fisicalidade. Quanto mais você troca de dimensão, mais você perde sua memória temporária. Realmente parece um mecanismo provisório muito eficiente para controlar as "rebeliões" na prisão. Mas na prática...

Como toda prisão, grupos de afinidades foram se formando. A "lei do mais forte" foi aplicada. Os mais inteligentes perceberam o mecanismo e não encarnaram – permaneceram em suas dimensões e quanto mais os outros encarnavam, mais fácil ficava para esses que não perderam a memória dominar os demais.

A essa turma que nunca encarnou e não perdeu a memória chamaram de "Cabala Escura" – a qual se forma da junção de diversas facções da prisão. São os "donos" do planeta, da prisão e pertencem a distintas raças e grupos aqui fora – desde espectros, até a insetóides e reptilianos.

Todo "rei" precisa ter seu capatazes e lá não foi diferente. A Cabala Escura começa então a direcionar quem encarna e quem não encarna de forma a manipular quem eles querem que perca mais ou menos memória. Os escolhidos para perder menos memória, passam informações compartimentalizadas e são colocados em cargos hierárquicos, onde cada consciência realmente acha que está no topo da cadeia, quando, na verdade, está servindo a algo maior – tendo pouca consciência ou nenhuma a respeito. Um plano genial.

Assim, dominam, facilmente, eles mesmos, a 6D terrestre onde habitam e seus "capatazes" dominam com a mesma facilidade a 5D do espaço-tempo planetário.

Com o que os dominadores da 6D ensinam aos subalternos da 5D, apelidados de "Senhores do Carma", eles replicam a tática e escolhem quem encarna ou não na fisicalidade – formando assim o seu exército físico, que veio a ser chamado "Governo Oculto".

Assim, os Senhores do Carma focam em seu trabalho na 5D e, eventualmente, um deles encarna depois de, no máximo, três ou quatro vezes, dependendo da missão, pois mais que isso o esquecimento na carne se torna praticamente irreversível.

A hierarquia mais baixa encarnada é aquela que reencarna quantas vezes forem necessárias, sempre a serviço dos Senhores do Carma, para assumir a liderança explícita na fisicalidade 4D. A liderança implícita, aquela que não aparece aos olhos do público ou da história, é sempre executava pela encarnação dos "Senhores".

Todo esse processo começou a acontecer a, mais ou menos, noventa mil anos a.C. pelo calendário Gregoriano terrestre e demorou muitos anos para atingir sua maturidade. A organização completa das três dimensões terrestres na estrutura que expliquei a pouco só acontece por volta de doze mil anos a.C., ou seja, quase oitenta mil anos para a organização total e disponibilidade de corpos para a encarnação na fisicalidade.

Por volta dessa data é que a história da Cabala Escura se encontra com a dos Annunaki.

Alguns deles conseguiram sair da Terra antes da quarentena, outros ficaram por lá – voluntariamente ou pegos de surpresa. O curioso é que alguns dos que ficaram fizeram alianças com a Cabala Escura para domínio planetário – entre eles o famoso Enlil, chamado popularmente de Jeová ou Yaweh (entre outros nomes).

Assim, o domínio Annunaki na Terra com o aval da Cabala Escura e o apoio total dos Senhores do Carma foi perdendo a força de aproximadamente 1.000 a.C. até o ano de 400 a.C. como disse anteriormente, com a intervenção da Confederação.

Essa intervenção tirou os Annunaki da fisicalidade, mas não do cenário terrestre. Eles passaram a atuar como os "Senhores do Carma" na 5D, manipulando e dirigindo a história dos bastidores. Agora, o Governo Oculto começa a ganhar força por si só na fisicalidade 4D.

Eu acredito que essa intervenção tem a ver com a vinda de Jesus para o planeta, pois ela vai desde 400 a.C. até aproximadamente 700 d.C., quando a Confederação passa a fazer "vistas grossas" para a atuação Annunaki na Terra novamente.

Quando Jesus encarna na Terra, o domínio é do chamado Império Romano – consciências que nada têm a ver com os Annunaki, mas que estão inconscientemente sob forte dominação consciencial dos Senhores do Carma – e seus líderes pertencem ao Governo Oculto.

Toda a retratação da história de Jesus vem de encontro à história Annunaki de Enlil, até então o "deus" do velho testamento da

Bíblia terrena. Enquanto nas escritas antigas temos um "deus" guerreiro, vingativo, ciumento e com pouca paciência (Enlil descrito perfeitamente), Jesus nos traz um Deus amoroso, compreensivo e INTERNO. Ele revoluciona a história terrestre lembrando às consciências que já passaram por lá, as que estavam passando e as que iriam passar que a "Fonte Que Tudo É" é interna – que "Deus" está dentro de nós, que nós somos deuses!

Claro que ninguém nunca entendeu por completo o que ele disse e trouxe, mas a energia do Despertar, a energia Crística, foi ancorada e deu uma saída da prisão para as consciências lá presas.

Quando o Mestre deixa o planeta, volta a "bagunça". Imediatamente os Annunaki, juntamente com a Cabala Escura perseguem seus seguidores, usa de seus pupilos para deturpar a mensagem e instala novas religiões baseadas nas informações distorcidas empregando a famosa técnica da pílula da desinformação: uma grande parte de conteúdo legítimo e verdadeiro para ressoar no coração das pessoas, mas com o famoso "Cavalo de Tróia", aquele conteúdo malicioso e manipulador que vem disfarçado de benção.

Com isso (re)conquistam o mundo com as três religiões mais fortes do planeta: Cristianismo (deturpação do que o Mestre ensinou), Judaísmo (ensinamentos diretos dos Annunaki com a tutela de Enlil) e Islamismo (criado por Enlil na era pós Jesus como alternativa).

Se as pessoas encarassem as religiões não como verdade absoluta, mas como fonte de pesquisa de informações, estaria tudo bem. O problema é que a manipulação é tão bem-feita que todos recusam tudo ou aceitam tudo de todos. Ai a pílula da desinformação "faz a festa".

Daí em diante, é ladeira abaixo na história humana: perseguições aos Despertos, incentivo à ignorância, doenças, etc., isso para falar da fisicalidade. Na 5D são criadas cidades inteiras de oposição ao Despertar, com laboratórios de manipulação mental cada vez mais avançados, sugando energia vital e alimentando a Cabala Escura para manter a energia fluindo sem a necessidade de encarnar. Uma engrenagem quase perfeita que se retroalimenta.

Isso acontecia nas três dimensões terrestres e, conforme as consciências iam "evoluindo" naturalmente tecnologicamente, as táticas de manipulação acompanhavam para que não se perdesse a rédea.

UMA DESCOBERTA ASSUSTADORA

Eu disse para vocês, a pouco tempo atrás, que eu descobri na Terra algo sobre nosso planeta que me preocupou bastante. Pois bem, vou contar tudo agora – prestem atenção. Mas para que isso, vamos revisar um pouco a questão do "tempo".

Até onde eu consegui encarnar na Terra, seus cientistas ainda consideravam o tempo como uma dimensão (1D), ou seja, uma medida. O conceito de espaço-tempo para eles ainda é muito confuso – eles, por exemplo, dizem que a fisicalidade do encarnado é de 3D e a 4ª dimensão (4D)? seria o tempo.

Se o tempo tivesse uma dimensão apenas, seria uma medida, correto? É a percepção de tempo linear: passado, presente e futuro com uma direção. Assim, "o que passou, passou" e "o que será, será".

Mas, não é bem assim e sabemos disso. Aliás, os próprios terráqueos também deveriam saber disso.

No ano de 1959 de sua linha de tempo principal segundo o calendário Gregoriano, o americano Dewey B. Larson publicou o conceito de tempo 3D ou o "sistema recíproco".

Para não me perder em detalhes e tecnicalidades, basicamente o que ele disse é que o tempo funciona como um sistema de coordenadas, dando assim a possibilidade de viajar em qualquer ponto dele. Assim, o tempo de uma dimensão é somente uma percepção inventada pelo homem com uma medição ficcional feita através de um "relógio".

Nós, aqui, já sabemos que o tempo é uma percepção e uma das mais famosas mentes humanas, Albert Einstein, já trouxe a eles também alguns conceitos nesse sentido com sua Teoria da Relatividade Geral.

O que ele disse, basicamente, é que a percepção de tempo varia com a velocidade e a força gravitacional de um objeto. Quanto mais veloz e maior for a força gravitacional, mais lento torna-se o tempo e o contrário também é verdadeiro.

Assim, se estivermos viajando perto da velocidade da luz ou na beira de um Buraco Negro, o tempo estaria praticamente parado em relação a alguém viajando mais lentamente ou mais longe de nós.

Mas isso não ficou somente no papel, não. Foi possível provar com relógios de precisão atômica que isso acontecia em diferentes locais do próprio planeta Terra.

Onde eu quero chegar com isso? Que para o Universo, o tempo não existe. Tudo acontece ao mesmo tempo no agora. Essa percepção de "linha do tempo" só é possível quando estamos na fisicalidade, de acordo com a velocidade dos corpos que nos influenciam e de suas forças gravitacionais. Minha percepção temporal aqui em Maldek é completamente diferente da que tinha na Terra, e assim por diante.

É importante mencionar também o que disse sobre Guerra Temporal e linha do tempo "principal".

Todas as raças tecnologicamente avançadas do nosso universo local têm tecnologia de viagem no tempo. Até os terráqueos a possuem. Sua elite dominadora, claro. A população não faz idéia.

Cada vez que se viaja no tempo e se altera um acontecimento, por mínimo que seja, uma realidade paralela é criada. A original segue inalterada. Nós passamos a existir como um "clone" nessa outra realidade. Eventualmente, as realidades paralelas tendem a voltar à principal, que é mais forte. Elas funcionam como um elástico.

Mas aí temos uma "pegadinha". A linha de tempo principal e mais forte não necessariamente é a original, mas, sim, a que o inconsciente coletivo do planeta criar e escolher. Esse é o princípio da Guerra Temporal. Volta-se ao passado para fazer as modificações de acordo com o interesse desse grupo e, depois, começa a manipulação da população para cocriar a linha temporal que se criou, eliminando a original e substituindo-a por outra.

No planeta Terra, uma certa raça de reptilianos viajou para o passado e começou a manipular diversos acontecimentos – inclusive a pré-criação da própria humanidade, para garantir que Urântia fosse seu planeta por direito.

Percebendo que algo estava errado no balanço temporal, humanos, a milhares de anos à frente detectaram a anomalia e também viajaram ao passado para garantir que sua linha de tempo principal acontecesse. Essa é basicamente a Guerra Temporal terrestre de narrativas que acontecem por lá e o povo, os verdadeiros donos do futuro da humanidade, no meio de tudo isso, sem saber de nada – manipulados de todos os lados, terceirizando seu destino.

Dentro desse "cabo de guerra" temporal surgem e desaparecem diversas linhas de tempo. Experienciei várias e, numa delas, nosso planeta Maldek foi destruído. O motivo foi o mau uso da tecnologia dos Anciões de nossa galáxia numa guerra contra um sistema vizinho, onde ao utilizarmos as armas de defesa disponíveis em nosso sistema solar, acabamos disparando contra nós mesmos.

Somente a elite dominadora política de nosso planeta escapou, pois souberam com alguma antecedência o que estava acontecendo. Não somente um lado, mas os dois partidos rivais conseguiram sair em naves. Após a explosão, um cinturão de asteroides se formou entre as órbitas de Marte e Júpiter – mas não antes de bombardear incessantemente um lado completo do planeta vermelho.

A primeira parada das delegações maldequianas foi em Marte – do lado intacto, claro. Ficaram lá por pouco tempo, pois a confusão gerada pela explosão gerou um caos.

Foi então que detectaram na órbita de Júpiter um satélite que, embora originário de outro sistema, possuía tecnologia e estava praticamente abandonado. Mudaram-se para lá, organizaram- se e estabeleceram uma base. Apesar de serem de facções e famílias rivais, fizeram um pacto de trégua por tempo indeterminado em prol da sobrevivência.

Em dado momento, um dos líderes sugeriu que fossem para Urântia, pois o planeta possuía grandes recursos naturais e seria uma excelente nova morada – apesar de tantos experimentos e delegações por lá já presentes.

Eles deslocaram esse satélite estrategicamente até uma certa distância da órbita da Terra, onde se encontra até hoje. A chegada dessa Lua causou grandes distúrbios no planeta Terra graças à sua forca gravitacional e a interação com as forças e campos eletromagnéticos do planeta.

Após todos os movimentos naturais cessarem e tudo se estabilizar, os maldequianos resolveram fazer da Terra a sua nova morada. Entraram todos em suas três naves e voaram até sua nova casa.

Mas as naves já não estavam em muito boas condições e eles acabaram caindo em diferentes pontos do planeta. A nave principal caiu no continente que se chama Antártida onde montaram bases com os restos das naves. Outra caiu no continente que se chama Ásia e lá fizeram o mesmo.

Para encurtar a história, foram recebidos como deuses pelos humanoides terrestres da época. Isso tudo aconteceu antes da chegada dos chamados Annunaki, de que já falamos.
As duas facções de famílias políticas maldequianas voltaram então a se dividir e dominaram a população local da época, inclusive se acasalando e construindo descendência por todos os cantos do planeta.

Os descendentes físicos diretos dos líderes maldequianos são os corpos que vão dar lugar a todos os futuros líderes do então Governo Oculto terrestre, sob o domínio dos espectros, da IA e participando do jogo Annunaki.

Aí me pergunto. Será que essa linha temporal é diferente da nossa ou ainda estamos dentro dela?

PLANEJANDO UMA ENCARNAÇÃO DIFERENTE

Assim que me formei na Universidade do Despertar depois de trinta anos de estudo, comecei o planejamento da minha próxima encarnação. Dessa vez de uma forma um pouco diferente.

De início pensei que ia ser deslocado para o Ministério da Encarnação em Aruanda, negociar meu contrato e ir à luta para o Despertar da humanidade! Ah, quanto engano!

Assim que terminei o curso, Donald veio me cumprimentar pessoalmente.

- *Parabéns, meu querido. Agora você já sabe quase tudo do planeta e lembrou boa parte do que estudou,* disse sorrindo.

- *Obrigado,* respondi. *Mas como assim, "quase tudo" e "boa parte"? Foram trinta anos! O que falta?!,* continuei indignado.

Donald sorriu e me pediu que o acompanhasse até a sala do reitor. Foi então que explicou:

Marcio, parabéns pela formatura, de verdade. Mas não estamos nem na metade da nossa jornada. O que você fez aqui foi recuperar parte do tempo perdido com todo o esquecimento e ludibriação que sofreu desde que chegou à Terra.

Nosso desafio agora é fazer com que você não perca mais o que estudou e consiga efetivamente cumprir sua missão do Despertar, sem mais perda de tempo. Para isso, precisamos sair da teoria e ir para a prática.

Eu estarei com você o tempo todo, mas como sabe, cada um é responsável pelas próprias escolhas e, quando estamos encarnados, a coisa é bem diferente de quando estamos aqui deste lado.

Nosso próximo passo no planejamento da sua próxima encarnação é por você novamente em contato com o plano denso da fisicalidade, mas ainda sem encarnar. Vamos realizar algumas tarefas necessárias

– primeiro juntos, depois cada um por si mesmo. Após esse período de "trainee", você então estará pronto para o reencarne. Conversaremos quando e onde mais adiante.

Com todo esse mistério sobre meu futuro e tentando ao máximo controlar minha ansiedade, concordei e fomos imediatamente para casa. La seria nosso "quartel general" de planejamento dos próximos passos.

O que ele não me contou é que eu passaria mais noventa anos terrestres nessas missões sem encarnar.

Tivemos diversas reuniões onde Donald me explicou como atuaríamos na fisicalidade. Em algumas missões apareceríamos como um guia, um mentor. Em outras, atuaríamos de uma forma mais concreta, como "entrantes".

O conceito de entrante é complexo, mas vou tentar resumir. Basicamente existem três tipos: o agênere, o simbiótico e a troca (este último normalmente chamado de entrante).

O agênere é uma consciência da 5D que constrói um corpo físico adulto de 4D através de tecnologia de manipulação de ectoplasma, com o intuito de usá-lo para fazer uma atividade na fisicalidade como se fosse um encarnado. Para quem vê, não consegue notar diferença alguma. Esse é um recurso muito usado pela oposição para fazer "clones" de figuras públicas importantes para execução de seus planos de dominação.

O segundo tipo é o simbiótico. Nesse caso a consciência de 5D se acopla à consciência encarnada na 4D temporariamente, ou permanentemente, durante a encarnação. Esse acoplamento pode gerar uma "divisão" de comando no corpo físico ou, então, uma dominação total, dependendo do objetivo. Essa modalidade precisa da autorização direta ou indireta (frequencial) do dono do corpo. É bom enfatizar que as consciências a favor do Despertar só utilizam essa modalidade com a autorização expressa do encarnado e sempre com divisão de responsabilidades – o que nem sempre acontece na oposição.

O último tipo, que normalmente é chamado apenas de "entrante", é o da troca de consciências. Sim, a consciência encarnada troca de lugar com a desencarnada e assume total controle do corpo. A partir desse momento, o primitivo dono do corpo passa a habitar somente a 5D. Assim como na simbiose, precisamos de autorização, mas não somente do dono do corpo; nesse caso, também é necessária a autorização do conselho planetário, pois é interrompido um contrato de encarnação.

Naquele momento, apenas em alguns casos específicos, a modalidade de simbiose temporária estava em nossos planos. Na maioria, agimos como "mentores" ou "guias". No total, fizemos treze intervenções juntos e eu fiz oito sozinho.

São muitos casos, experiências. Vou contar brevemente para vocês um dos que agi sozinho como entrante simbiótico e outro, também sozinho, como guia.

Vou começar pelo mais difícil, quando fui guia. As pessoas acham que seus "guias" estão com elas o tempo todo e não têm mais nada para fazer. Não é bem assim. Até porque não existe apenas um guia. Existem diversas consciências envolvidas na vida das pessoas. O que difere é a qualidade dessas consciências e também a qualidade da frequência dessa consciência encarnada.

No caso das minhas missões, éramos sempre duas ou três ao mesmo tempo e somente com pessoas com potencial de ajudar no trabalho do Despertar.

Uma dessas missões aconteceu com uma consciência chamada Marlon. Ela encarnou no país chamado Estados Unidos (nesse momento, somente conhecido como o conjunto das 13 colônias), por volta dos anos 1756 e 1812, no estado de Virginia. Sua principal missão era ajudar no que estaria programado como a independência do país da Inglaterra, dando início a diversos acontecimentos fundamentais que viriam na sequência da história terrestre.

A missão foi um sucesso e a independência dos Estados Unidos aconteceu no dia 4 de julho de 1776, mas não foi fácil. Os Britânicos somente a reconheceram em 1783 e o jogo político e militar foi muito forte.

A oposição também estava nos bastidores dificultando muito o nosso trabalho. Tudo o que eu sabia no momento era que esse fato tinha que acontecer, que Marlon era uma peça para o sucesso do evento que seria fundamental no futuro. Sem maiores detalhes, até para que não comprometesse o sucesso e o foco na missão.

Vou poupá-los dos detalhes da missão, mas gostaria de comentar como foi a experiência de ser um guia. Se vocês acham difícil a vida do encarnado, deveriam repensar a do guia.

Tudo bem, sabemos que o encarnado está privado de seus sentidos espirituais e com o quase completo esquecimento de quem são. Sim, sabemos disso. Mas tenho que dizer, também, que o exercício de paciência do outro lado é grande. Dificilmente somos ouvidos e, quando acontece, na maioria esmagadora das vezes, somos ignorados.

A sensação de frustração é constante. Principalmente quando vemos agentes da oposição atuando e tendo uma taxa de sucesso muito maior que a nossa. Temos que nos desdobrar, literalmente, para conseguir ter algum sucesso.

Realmente esse mundo prisão pertence a eles, mas consegui vencer todos os desafios e a missão foi cumprida. Sem algumas derrotas, devo dizer.

Marlon não precisava sofrer tanto em sua vida. Seu contrato de encarnação previa alguns acontecimentos que não conseguimos que fosse evitado – como a perda de um filho pequeno, dificuldades na infância e uma doença que seria infelizmente necessária para despertá-lo, mas outros contratos foram "assinados" durante a encarnação que só serviram para atrapalhar.

Ele se envolveu profundamente em sua comunidade religiosa, o que trouxe alguns enlaces energéticos (contratos) que foram difíceis de resolver. O mais difícil foi seu casamento. Ele não precisava se envolver com quem se envolveu, mas "escolheu" isso e sofreu as consequências. Sua esposa era uma pessoa extremamente complicada, com problemas psicológicos graves. Não foi nada fácil. Inclusive depois da perda de seu primeiro filho, ela tentou matá-lo num momento de extrema raiva.

Minha influência era muito sutil. Eu chegaria perto dele e mentalmente passava as informações. Eu podia ver, com meus "olhos astrais", a informação sendo absorvida ou não, dependendo do momento. Às vezes conversávamos em sonho e ele entendia, mas quando voltava para o corpo não conseguia se lembrar.

Fui aprendendo aos poucos os momentos de me aproximar e me afastar, esse último, o mais difícil. Não podemos fazer nada sem a autorização energética, portanto, algumas vezes me apavorei quando não podia interferir e o via sofrendo. O caso acima mencionado da esposa foi um deles. Só fui autorizado a interferir quando ela ia realmente matá-lo – não teve jeito – não estava programado. Mas do sofrimento do antes e do depois não pude evitar nada.

Enfim, felizmente, a missão de Marlon e a minha foram cumpridas, embora com muito suor. Já a minha missão como entrante simbiótico, apesar de ter sido um pouco mais tranquila em termos de tomada de decisão, também foi muito mais complexa e desafiadora – e não terminou tão bem assim.

Fui enviado para a Alemanha entre os anos de 1938 e 1945 – a Segunda Guerra Mundial. Por lá, fui apresentado a James Carlton – mas que usava o nome de Werner Fritz – um agente duplo da agência de inteligência britânica MI-6 que atuava em Berlin como oficial da então guarda de elite nazista chamada SS.

Eu e Donald negociamos com James durante anos em sonhos antes dele aceitar a proposta e eu dividir sua mente. Apesar de não lembrar, ele era parte da nossa equipe do outro lado. Para convencê-lo, tivemos que explicar muito bem o que aconteceria e também falar que se tivéssemos êxito na missão, todas as informações que eu utilizasse na minha mente, ficariam disponíveis em sua mente – ou seja, um conhecimento único para um encarnado.

James já trabalhava passando informações do 3º Reich para os aliados ingleses. Minha missão era usar o meu conhecimento para acelerar o processo, fazendo-o subir de cargo para ter acesso a mais informações e impedir que Hitler ganhasse a guerra (algo que já sabíamos que acontecia em algumas realidades paralelas – lembrem-se da guerra temporal).

Por um lado, a missão foi um sucesso! Conseguimos que James (ou Werner) subisse a cargos mais importantes na SS, mas não tanto que chamassem a atenção, e passasse toda informação aos aliados. Fomos fundamentais em barrar diversas investidas que salvaram milhares de vidas e contribuíram fortemente para o fim da Guerra e a derrota do Eixo.

Por outro lado, infelizmente, a história não terminou como planejávamos. A Alemanha nazista caiu oficialmente em 8 de maio de 1945 mas, alguns meses antes disso, como um último ato, James foi descoberto e morreu com um tiro na cabeça dado pelo seu próprio superior – que acabou preso pelos aliados semanas depois.

Eu assisti a essa tragédia de fora. Momentos antes do acontecimento, Donald me tirou do corpo físico e me contou o que iria acontecer.

Quando tudo acabou, fomos resgatar James e o levamos para o hospital de Aruanda onde ele se recuperou e, mais tarde, inclusive, nos ajudou em outras missões.

No final de todas as experiências, eu já tinha o conhecimento teórico e prático suficiente para encarar uma nova encarnação. Foi então que Donald me chamou, finalmente, para conversar.

- *Marcio, chegou a sua vez. Agora você vai reencarnar, não temos mais tempo a perder.*

SENHORES DO CARMA

Não conseguia me conter de tanta ansiedade e felicidade em, finalmente, voltar à crosta terrestre. Estava muito confiante, afinal tinha passado os últimos cento e vinte anos estudando e me preparando para aquele momento novamente.

Donald estava muito feliz também. Esse amigo misterioso vinha me apoiando desde sempre nas minhas encarnações, com um papel fundamental nessa última passagem. Digo misterioso porque sempre que perguntei de onde ele vinha, de onde era, ele desconversava. Sempre respeitei seu espaço.

Mas se você achou que eu estava de malas prontas para reencarnar, errou. O processo que iria recomeçar agora era o de negociação de contratos encarnacionais, ou seja, todo o planejamento no Ministério da Reencarnação de Aruanda.

Só que dessa vez seria um pouco diferente.

Lembram que eu disse a vocês que a Universidade do Despertar funcionava de forma independente de Aruanda, apesar de estar no mesmo lugar? Pois bem, não era somente a administração do local, mas também algumas decisões eram completamente independentes do resto – incluindo o planejamento reencarnatório.

Meu planejamento total da volta à fisicalidade 4D demorou cerca de um ano terrestre. Metade disso passei na Universidade e a outra metade no Ministério.

Na primeira metade, eu e Donald redigimos todo o meu contrato encarnacional com todos os detalhes e cláusulas possíveis e imagináveis. Um trabalho impecável, que me impressionou muito. Tanto que nem passava pela minha cabeça ter que passar pela segunda parte no Ministério. Estava tudo pronto! Era só entregar os papéis por lá e encarnar. Simples.

Quanta ingenuidade! A empolgação não me deixou ler entre as linhas de tudo o que vi e aprendi. O planeta não é governado pelas forças a favor do Despertar. Seria impossível reencarnar sem a aprovação da oposição, a verdadeira gestora da Roda de Samsara.

Agora era vez de ir negociar com os Senhores do Carma. Essa é o nome dado pelos agentes da oposição que atuam nos Ministérios da Reencarnação. São aqueles que fazem de tudo para convencê-lo a reencarnar, te manipulam através do medo, da culpa e do apego a aceitar contratos e cláusulas que vão dificultar e muito sua encarnação, tirando completamente sua atenção de qualquer assunto relacionado ao Despertar da Consciência.

Eu já tinha passado por eles tantas vezes, mas nenhuma seria como aquela. Todas as outras eles estavam me manipulando, se escondendo por trás de vestes de luz, como amigos, com voz mansa e olhar sereno. Mas dessa vez eu sabia quem eram.

Dito e feito. Quando entrei na sala de planejamento do Ministério com o meu planejamento pronto para dar entrada ao pedido de reencarnação, imediatamente aquele ser que até então se apresentava como um ancião bondoso, sereno, calmo e de vestes claras, brilhantes... há quase um ano, mostrou sua verdadeira aparência: um réptil humanóide de cerca de dois metros e meio de altura, olhar penetrante, sinistro.

- *Vamos acabar logo com isso. Já que você tem que reencarnar, aqui está o seu contrato.* Ele foi logo falando e já me dando um calhamaço de papel.

- *Eu já tenho tudo pronto, está aqui.* Respondi, entregando a minha versão a ele.

Após uma gargalhada alta e sinistra, ele diz:

- *Rapazinho, você acha que vai fazer o que quer na 4D? Acorda! Quem manda aqui sou eu!*

- Felizmente você não pode me obrigar a nada. Sei que você tem que aprovar a minha encarnação; portanto, leia o que eu trouxe, que vou fazer o mesmo com o seu aqui e vamos começar pelos pontos em comum. Respondi tentando ser objetivo.

Essa objetividade toda fez com que as negociações encarnacionais durassem seis meses. A versão dele era completamente diferente da minha em todo o aspecto possível e imaginável, mas nós dois sabíamos que tínhamos que chegar a um acordo – mais cedo ou mais tarde.

Durante todo esse tempo passávamos dia e noite negociando linha por linha. Desde família, condições materiais, culturais, períodos históricos, profissão, doenças, características físicas até tempo de encarnação, formas de desencarne e assim por diante. Tudo o que vocês possam imaginar.

Alguns pontos não podiam ser mudados por ambas as partes. Por exemplo: de minha parte, eu deveria encarnar num momento específico da história humana para poder cumprir a minha missão. Isso ele não poderia mudar. O que tive que negociar foi o país (de estável para instável) e a condição social em que nasceria (de classe média alta, para classe baixa) para que ele concordasse com isso.

Todas as minhas ações estavam voltadas para facilitar a minha missão e todas as ações do Senhor do Carma estavam voltadas para que eu falhasse e recaísse no esquecimento perpetuando a Roda da Samsara.

Alguns pontos de que ele não abriu mão foram relacionados ao corpo físico: um problema de visão congênito em um dos olhos, tendência a obesidade e problemas no coração e alguns outros detalhes estéticos.

Ele também colocou diversos encontros com diferentes religiões durante a minha futura vida, com o intuito de me confundir. Eu acabei concordando para que aprovasse os pais que eu gostaria de ter dentre as opções que tinha. Tudo era uma troca, negociado nos mínimos detalhes.

A parte boa de tudo isso é que pela primeira vez tudo estava sendo feito às claras. Eu estava frente à frente com a criatura em seu estado real, sendo sincera e transparente, muito embora, muitas vezes, tendo sido bem desagradável comigo; mas, melhor uma verdade que dói do que uma mentira que acalma.

No final de todo o processo, eu estava bem confiante. Apesar de todas as dificuldades que ele colocou no meu planejamento, eu estava certo de que conseguiria cumprir com os objetivos e que essa seria a minha última encarnação na Terra, partindo para a 5D e 6D, respectivamente, antes de finalmente voltar para casa.

- *Te espero no desencarne!* Disse o "lagartão" rindo alto antes de sair da sala pela última vez.

Eu sabia muito bem o que ele estava falando. Um dos principais trabalhos dos Senhores do Carma é recepcionar as pessoas que desencarnam e ludibriá-las o suficiente para que elas queiram desesperadamente reencarnar ou, então, que mergulhem mais profundamente em suas crenças e dogmas, fazendo com que fiquem dóceis e servindo de alimento eterno a eles nos dois casos.

Vocês já devem ter escutado sobre a "luz no fim do túnel" quando um humano desencarna na Terra. Então, essa luz é a ação dos fótons do corpo físico humano se desprendendo do corpo astral que os Senhores do Carma manipulam fazendo parecer que é um caminho para o "céu", "paraíso" ou um "lugar bom" onde eles estão esperando essa consciência com a aparência que lhes convier.

Pode ser de um líder religioso, um anjo, um guia, um guru, um avatar ou de um parente querido – não importa. O que for mais eficiente para emocionar e fazer com que você concorde com qualquer coisa que ele disser, ele vai fazer. Nesse momento, normalmente nos enchemos de emoção e aceitamos qualquer sugestão que nos fazem. Ali, contratos são firmados e somos manipulados ao seu bel prazer.

Por isso as pessoas que começam a estudar o Despertar na Terra, sempre dizem: "não sigam a luz". Pode ser uma armadilha.

A ideia do Despertar – inclusive a que eu estava indo executar – é a de vibrarmos acima de tudo isso, passando frequencialmente pela oposição e indo diretamente a locais como a Universidade do Despertar e outros semelhantes onde vamos ser recebidos pelos nossos, pelas consciências a favor do Despertar e vamos recobrar a totalidade de nossas memórias de acordo com nossa capacidade.

Com tudo acordado, dei entrada com os papeis no Ministério da Reencarnação e já comecei a minha preparação para reencarnar. Dali mesmo, eu e Donald fomos visitar os meus futuros pais.

REENCARNANDO PELA ÚLTIMA VEZ

O processo de encarnação a partir daí foi o mesmo de sempre. Conversei com meus futuros pais diversas vezes enquanto eles estavam desdobrados, dormindo, preparando o casal para a minha chegada e combinando alguns detalhes de contrato.

Mais uma vez estive presente na concepção e fui direcionando o encontro do espermatozoide com o óvulo até o momento de acoplamento, quando o zigoto possui oito células. Quando o laço se forma, começa a sensação de sonolência e esquecimento, que vai aumentando gradativamente até o momento do nascimento.

A única coisa que foi diferente dessa vez é que Donald esteve comigo o tempo todo desde o acoplamento e durante os oito meses que fiquei em gestação (sim, nasci um pouco prematuro – mas sem problemas). Durante todo esse tempo ele reforçou alguns pontos da minha missão e repassou conhecimentos que deveriam ser chave para o meu Despertar encarnado. São informações que assim que abertas e disponíveis, desencadeiam a abertura de mais informações para que a lucidez seja a máxima possível no menor período de tempo.

No meu plano original de contrato, eu deveria encarnar no país chamado Estados Unidos por volta da década de 1960 ou 1970 do calendário gregoriano terrestre. Mas com as mudanças feitas pelo Senhor do Carma e as negociações que fizemos, eu nasci na cidade de São Paulo, no Brasil, no ano de 1975 na ocasião.

Fui então o único filho de um casal simples, de origem humilde, que estava tentando construir uma vida melhor juntos – já vim num ambiente econômico de classe média baixa. Nada me faltou materialmente. Os dois já estavam tentando ter filhos há algum tempo, então já estavam se preparando e, também, não me faltou nada emocionalmente. Tudo previsto nas negociações encarnacionais.

Tive uma infância relativamente normal. Na fisicalidade, fui uma criança normal até meus dez anos de idade. Fui amado e querido pelos parentes, fiz amigos como qualquer criança, estudei em escola particular, mas não era um bom aluno. Meu subconsciente não tinha toda a paciência do mundo em rever conceitos básicos e alguns até inúteis. Era um esforço prestar atenção nas aulas nessa idade.

Uma criança humana nasce completamente funcional mentalmente pelo seu subconsciente. Conforme ela vai crescendo, o seu consciente vai se desenvolvendo e tomando seu lugar.

A mente de um adulto humano é basicamente dividida entre consciente (cerca de 5%), inconsciente (mais 5%) e subconsciente (90%). O inconsciente é quem cuida de funções básicas e involuntárias, como a função dos órgãos, respiração etc.

O consciente é aquele que você percebe ao pensar. Ele é racional e se preocupa com o seu bem-estar no momento, a curto prazo e suas decisões visam resolver problemas imediatos. Está com sede, beba água. Está com fome, coma. Seu controle é fundamental pois algumas decisões podem ter consequências futuras e ele não se preocupa com isso. Alguns exemplos são comportamentos impulsivos como reações emocionais de momento ou aquela segunda sobremesa desnecessária após o jantar.

O subconsciente é complexo. Ele está preocupado com seu bem-estar e segurança a longo prazo e é emocional. Ele grava tudo o que seus sentidos registram, desde que é formado no útero, até o momento do desencarne, e entrelaça todos esses sentidos em informações que ficam armazenadas permanentemente no cérebro e são acessadas sempre que necessário.

Ele grava até o que você não percebe conscientemente. Por exemplo: se está assistindo um filme, ele não está vendo somente o ator principal que é o objeto de sua atenção; ele está vendo e gravando todo o seu campo de visão, não somente tudo o que está na tela da televisão, mas também em sua sala, o que você está sentindo, pensando, os cheiros, as percepções. Tem mais: para seu cérebro, não tem distinção entre realidade e fantasia: tudo o que ele capta é real e é armazenado. Por isso é completamente possível você adquirir medo de nadar no mar somente assistindo um filme de naufrágio.

Como disse, um bebê humano é puro subconsciente. Está absorvendo tudo o que vê, sente e percebe o tempo todo e atrelando as emoções a tais situações. Essa informação ficará com ele perpetuamente.

Por esse motivo passei tanto tempo negociando as condições de meus pais, pois os traumas ainda na gravidez afetam seriamente a gestação e a mente da criança que ainda não nasceu. Desde traumas físicos até emocionais, como ser rejeitado numa gravidez não planejada ou sentimentos fortes que a mãe sente, como medo, raiva, etc.

Negociei muito também o meu lar. Os primeiros sete a dez anos de vida são fundamentais pois o subconsciente sem a ação do consciente completamente formado atua como uma esponja. Minha intenção era ter o mínimo possível de traumas - os chamados *imprints* etéricos – para conseguir realizar a minha missão de forma mais tranquila possível.

Claro que a missão de não ter no subconsciente traumas ou registros de sensações ou de situações negativas é praticamente impossível nesse planeta prisão. Mas a idéia era mitigar, reduzir ao máximo essas impressões.

Com cerca de dez anos de idade e meu consciente praticamente desenvolvido, tive a primeira experiência contratual forte. Aquela que me fez ter forças para negociar tudo o que tinha vivido até aquele momento, sem grandes percalços. A condição para não ter muitos traumas de infância e nascer num ambiente relativamente equilibrado. Fui abduzido.

Sim, fisicamente abduzido por extraterrestres. Bom, com o apoio de humanos encarnados. Explico essa confusão intergaláctica mais tarde. Vou contar como foi minha experiência.

Num belo dia, como todos os outros, despedi-me de meus pais e fui para o meu quarto dormir. Estava tudo como sempre: cama pronta, ambiente às escuras, cortinas fechadas e a temperatura perfeita para uma excelente noite de sono. Eu estava cansado pois tinha ido à escola, estudado inglês, jogado futebol com amigos do prédio onde morava e acabado de jantar.

Deitei-me na cama, rezei o "pai nosso" (essa explico depois) e não demorei a dormir. Minha lembrança ao acordar foi a de um sonho estranho. Eu me via de pé no meu quarto, olhando pela janela, quando uma luz muito forte apareceu. Eu sabia então que era uma nave com extraterrestres e eu me escondia no armário do quarto até eles irem embora. Ao acordar, estava ofegante.

Mas na realidade era algo um pouco diferente o que acontecia.

Uma pequena nave parava do lado de fora da janela do meu quarto. Um ser humanoide, de fora da Terra, entrava no meu quarto e, com um aparelho que tinha nas mãos, aplicava uma onda eletromagnética no meu cérebro, o que me fazia obedecer ao que ele falava. Dizia para eu entrar na nave e eu era levado a uma nave maior, que estava em órbita. Tudo isso acontecendo na fisicalidade e sendo camuflado, em todos os sentidos, com tecnologia.

Nessa nave maior eu era levado a uma sala muito grande com outras crianças. Ali brincávamos e fazíamos atividades educacionais. Depois éramos devolvidos a nossas casas e nossa memória era apagada.

Na verdade, o que esses seres faziam era monitorar todas as crianças que vinham com missão do Despertar na Terra para saber detalhes de sua capacidade cognitiva e, também, para implantar chips de rastreamento de modo que, quando necessário, saber sua localização no planeta.

Existem diversas raças de seres de fora da Terra interagindo com humanos encarnados na fisicalidade. Esses seres que me abduziram cumprindo o contrato encarnacional, pertenciam a uma delegação neutra que prestava serviços para ambos os lados: a favor e contra o Despertar da humanidade com o objetivo de desenvolver experimentos genéticos e comportamentais em humanos.

No caso desse projeto que eu participei, o serviço foi contratado pela oposição para rastrear e monitorar os chamados "*star seeds*", ou os que vêm em missão na Terra. Eles não podem interferir na missão, pois está em contrato, mas podem monitorar para tentar dificultar o seu sucesso.

A primeira abdução aconteceu quando tinha dez anos de idade, mas essa não foi a última. Aconteceu novamente aos cerca de doze, treze, quinze e dezesseis anos – tudo em contrato. Mais tarde, já com trinta e quatro anos, uma nova tentativa foi feita, mas essa eu consegui impedir mentalmente pois já estava no processo do Despertar e já quebrava meus contratos conscientemente. Chegaremos lá.

Minha adolescência também foi relativamente normal. Mas aos dezessete anos, mais um evento contratual aconteceu: a minha primeira vez num ato sexual nessa encarnação.

É importante mencionar quanto a força sexual de um humano é poderosa e crucial para o seu Despertar. É a energia da criação, do movimento. A mais forte e poderosa que um encarnado pode ter. Quando canalizada a alguma coisa, ela é invencível!

É exatamente por isso que a oposição ao Despertar ataca esse assunto e tudo relacionado a sexo de forma tão veemente. Desinformação, desvios, comportamentos exagerados, promiscuidade, inserção de culpa e até impureza no ato são as táticas mais comuns.

O resultado disso é o desequilíbrio físico e emocional das pessoas, resultando em bloqueio do fluxo energético e, consequentemente, atrapalhando, e muito, o Despertar da consciência do encarnado. E era essa a ideia da oposição para comigo.

Eu fui o último dos meus amigos a perder a virgindade. Imagine um adolescente de dezessete anos com os hormônios à flor da pele! Eu não via a hora de ter essa experiência, tanto como parte da libido hormonal própria da idade, quanto para responder aos meus amigos que já me davam apelidos e tiravam sarro da minha cara. Parece besteira, mas nada fácil para um menino humano nessa época.

Certa noite de sábado, fui passar a noite na casa de meu melhor amigo. Tínhamos a mesma idade. O irmão dele era um pouco mais velho, perto de seus vinte e quatro anos. Ao saber que na ocasião eu ainda era virgem, levou-nos de carro ao prostibulo mais próximo. "É hoje", ele dizia.

Não é que eu não estivesse com vontade de ir, mas não era assim que eu imaginava perder minha virgindade. Queria que fosse com alguém que eu gostasse, pelo menos. Mas era algo bem diferente do que os meninos da minha idade pensavam. Afinal, tinha que "ser macho" entre outras besteiras da época.

O local era lastimável. Uma energia densa. Na época não percebi, mas a quantidade de consciências vampiras por ali era inimaginável.

Meus amigos escolheram uma mulher para mim e subi para um quarto. Vou poupá-los dos detalhes, mas foi extremamente traumático em todos os sentidos. Ela foi extremamente seca, sem paciência; até tirou sarro de mim durante o ato, pois eu não sabia muitas vezes o que ela estava fazendo ou pedindo. Uma vergonha. Saí dali jurando que nunca mais iria transar. Vê se pode...

Pelo lado espiritual, não poderia ter sido pior: dei abertura para ser sugado energeticamente e para que colocassem uma quantidade razoável de chips e implantes no intuito de bloquear meus centros energéticos relacionados à energia sexual, conquistas na materialidade e clareza mental. Algo que ficaria comigo por cerca de vinte anos!

Quanto ao trauma físico, não consegui superar por completo

enquanto encarnado. Só consegui fazer a limpeza completa quando desencarnei. Passei a vida toda, em grau maior ou menor, com medo de sexo, da minha performance ou do que iriam pensar de mim, o que também retardou, e muito, o meu Despertar e a clareza mental de que necessitava. Vejam como uma ação aparentemente simples pode afetar toda uma vida!

O início de uma vida sexual saudável, embora eu tenha me relacionado sexualmente outras vezes, só se deu aos meus vinte e sete anos graças a uma namorada que tive que foi muito compreensiva e paciente com meus traumas.

Quanto aos estudos, continuei sendo um mau aluno até chegar à faculdade quando, finalmente, pude escolher as matérias de que gostava e os assuntos atingiram uma complexidade razoável – embora muitas vezes não serem de tanta utilidade.

Cursei faculdade de comunicação, que poderia me ajudar na minha missão do Despertar. Até então, não tinha muita consciência da minha missão e os encontros com Donald eram durante o sono e ao acordar eu não me lembrava de nada. Realmente era como viver duas vidas completamente separadas – em vigília e desdobrado.

VIDA DUPLA

Desde o momento em que eu renasci nessa vida, minha atividade desdobrado foi sendo retomada. Apesar de estar encarnado como bebê ou uma criança, já podia exercer meu papel na 5D.

Todas as noites eu desdobrava – muitas vezes até de dia – para trabalhar. As missões de apoio a outras consciências rumo ao Despertar continuavam, mas, agora, somente como guia ou mentor. Muitas vezes, a própria consciência nem desconfiava que tinha alguém ali apoiando

Esse trabalho era feito em equipes e Donald estava sempre presente na minha. Nos primeiros anos de reencarnação, foquei somente em missões mais perto da fisicalidade, com pessoas encarnadas em diversos momentos do espaço-tempo. Conforme fui amadurecendo na Terra, fui tendo um lastro maior para me envolver em coisas mais complexas do astral. Muitas vezes, eu era o único encarnado na equipe.

Diversos trabalhos que são feitos na 5D precisam de um encarnado junto, pois somente eles produzem o chamado ectoplasma: uma energia "semi-material" que é o "tijolo básico" de qualquer construção na 5D. É disso que todas as cidades astrais são feitas. É um material moldável de acordo com a necessidade e a vontade da consciência.

Até o momento do meu Despertar encarnado, vivi uma vida dupla de verdade. Na vigília, não fazia a menor ideia do que acontecia desdobrado. Já desdobrado, tinha todas as memórias desde que cheguei à Terra e, inclusive, o que estava sendo feito nessa encarnação atual. Muitas vezes me indignava com algumas escolhas que fazia, mas compreendia que a minha memória ainda não estava liberada na fisicalidade.

Não saber o que acontece em desdobramento enquanto estamos na vigília pode tanto ser uma frustração, quanto uma benção. Muitas vezes não lembramos o que fazemos por segurança, pois podemos estar com informações valiosas para a oposição ou, então, trabalhando como agente duplo e sermos localizados e descobertos, pondo todo o projeto a perder. Era exatamente isso que se passava comigo. Ainda não era o momento de Despertar, pois certamente seria localizado pela oposição e tudo iria por água abaixo.

Apesar de fazermos um contrato de encarnação com os Senhores do Carma com todos os detalhes do que vai, ou não, acontecer, uma vez que damos início ao processo e começamos a gestação, essa informação passa a ser acessada somente pelo Conselho Planetário e pela consciência que encarna. É por isso que a oposição teve dificuldade de achar Jesus encarnado, apesar de saber que ele estava em algum lugar da Terra.

Assim segui sendo um agente duplo, com vida dupla, durante muitos anos de minha encarnação até o momento em que comecei a Despertar, perto dos meus trinta e três anos de vida, quando já estava formado, pós-graduado, com mestrado, trabalho fixo, carro, casa e a estabilidade material que todo encarnado sonhava no ano de 2008.

Mas para chegar a esse momento, servi muitas vezes como guia de mim mesmo. Explico.

Ao desdobrar retomava minha consciência e analisava o que estava fazendo quando em vigília. Nem sempre era a melhor escolha. Na verdade, eu estava vivendo uma vida "normal" para a época: namorando (apesar de meus traumas), bebendo, saindo, viajando..., mas muitas vezes isso me tirava um pouco o foco da missão. Por um lado, dava um refresco à minha mente, mas, por outro, podia servir como brecha para ataques frequenciais da oposição.

Assim, por diversas vezes eu conversava comigo mesmo através do meu subconsciente, tentando fazer com que aproveitasse, sim, a vida na Terra, mas com um limite que não deveria ser ultrapassado. Algumas vezes tive sucesso, outras nem tanto.

A vida dupla na fisicalidade é muito desafiante. Todo o cuidado que temos que tomar para manter o anonimato, tão necessário, e não sermos perseguidos de volta ao corpo. Realmente estávamos numa guerra.

Conforme vamos despertando na fisicalidade e recobrando a memória – consciente ou inconscientemente – temos cada vez mais acesso a técnicas de defesa e de limpeza energética que nos são muito úteis. Algumas proteções que colocamos em nossas casas para defesa e camuflagem; acima de nossas camas, para filtrar as energias; e merkaba usando a chamada Geometria Sagrada, para servir de escudo no dia a dia, são exemplos básicos.

Falo em vida dupla ou agente duplo porque vivemos realmente duas vidas em duas realidades diferentes. Você pode ser um líder na 5D, ter todas as memórias possíveis, realmente um agente único do despertar; mas na fisicalidade pode ser uma pessoa "comum", que trabalha todo dia e aproveita seu fim de semana como se nada estivesse acontecendo.

Uma amiga dessa última encarnação, depois que despertamos, me dizia que não adiantava nada sermos líderes na 5D e termos todas as armas necessária para combate, se na fisicalidade somos tolos com estalinhos de salão na mão.

Estalinhos de salão são um tipo de brincadeira de criança; uma pequena quantidade de pólvora que, quando jogada no chão, só faz barulho. Ou seja, não adianta fazer e acontecer do outro lado, se no físico só nos damos mal.

E é isso mesmo. A vida na fisicalidade 4D terrestre não é fácil. O véu da Roda de Samsara é forte, denso. Nos deixa aparentemente sem suporte, sozinhos, sem saída. Digo aparentemente por que temos uma equipe forte conosco – mas nem sempre isso é evidente enquanto encarnados.

Inúmeras vezes tive que explicar a Donald e aos demais as necessidades e diferenças da fisicalidade. Alguns que nunca haviam encarnado tinham mais dificuldade de entender, mas, mesmo os que já tinham passado pela encarnação não tinham mais lembrança dessas coisas.

Desde as mais simples como higiene, obrigações e convenções

sociais, trabalho, etc., até as mais "complexas" como a necessidade de estabilidade financeira para se realizar qualquer tipo de trabalho.

Nesse quesito a oposição é extremamente ágil e precisa.

Implantou inúmeros programas frequenciais em todas as frentes para atacar a estabilidade material. Assim, ela consegue tirar a atenção de todos do caminho do Despertar. Afinal, quem consegue pensar em espiritualidade com fome, sede ou sem saneamento básico? Essa é a realidade da maioria esmagadora dos humanos encarnados. Não tem como.

Para os que ainda têm alguma condição da base da pirâmide, outras armadilhas mais sofisticadas surgem. A mais poderosa são os contratos de pobreza. Não há uma religião, por exemplo, que valorize quem ganha dinheiro (mesmo que honestamente). Transformaram dinheiro em "pecado", algo negativo.

"Dinheiro" é a energia universal da abundância traduzida para a realidade da 4D dos encarnados. Até o próprio Jesus falava que todos vieram à Terra para "viver em abundância", mas ninguém escutou. Se bem que toda a sua história foi propositalmente modificada para fins da oposição.

Na cultura também dizem que "dinheiro não dá em árvore", colocando no subconsciente do encarnado que a abundância só vem com muito esforço, se vier. Assim fica realmente difícil despertar.

Para os que conseguem um pouco de prosperidade com o despertar, e a máxima, a manipulação de uma frase bíblica: "dai de graça o que recebeste de graça".

Daí eu pergunto: quem desperta "de graça"?

Nada é gratuito na fisicalidade. Onde nasci na última encarnação, uma escola decente se paga, livros se paga, cursos se paga, água se paga, comida se paga, energia elétrica se paga... acho que já deu para entender.

A humanidade cai como "pato" em todas as armadilhas da oposição e é um desespero real ver isso quando desperto. Imagine na 5D então, olhando para a 4D. A sensação é de "deixa para lá que ali não tem mais jeito". Mas não podia desistir. Tinha uma missão a cumprir.

Falando em 5D, mais à frente vou comentar algumas de minhas missões desdobrado, quando desperto. Assim, vão entender o alinhamento do que fazia em vigília, com o que fazia à noite, dormindo. Não era nada diferente do que já realizava antes de despertar, mas, para fins didáticos, fica mais interessante unir os dois.

Então vamos voltar para entender como despertei nessa última encarnação.

DESPERTANDO

Até a faculdade eu tive contatos esporádicos e interesses um pouco acima da média em assuntos do despertar, que podemos traduzir por "religiões", "espiritualidade" e "ocultismo".

Eu sempre li muito. Qualquer literatura que falasse de vida após a morte ou algo do gênero me interessava demais. Imagine que nasci na época em que se lançava o filme Guerra nas Estrelas e o seriado Jornada nas Estrelas era extremamente popular.

Conforme fui crescendo, consumia cada vez mais essas séries e filmes de ficção e livros, também. Isaac Asimov foi um autor que li demais, falando de vida fora da Terra e a integração com a Inteligência Artificial. Aquilo me fascinava. Mas sabia que estava tendo *downloads* de informação na fisicalidade. Tudo aquilo era colocado na mídia para servir de semente consciencial para quem deveria despertar.

Quando adolescente, consumi muito material de religiões. Existem mais de dez mil na Terra, mas estudei bem as três principais (Cristianismo, Islamismo e Judaísmo) e algumas mais regionais no Brasil (Espiritismo, Umbanda e Candomblé). Essas últimas me ajudaram muito na minha caminhada.

Mas sempre alcançava um limite, uma barreira que me fazia perder o interesse. Não passava pela minha cabeça que uma informação ou conceito não pudesse ser discutido. Tudo deve ser discutido e entendido. Respostas como "Deus quer assim" ou "isso sempre foi feito dessa forma" nunca me convenceram. São os famosos dogmas, informações indiscutíveis que toda religião possui.

Daí perdia o interesse e ia para a próxima.

Já nos meus vinte e poucos anos comecei a me interessar pelas sociedades secretas e pelo ocultismo onde tudo era discutido, questionado e explicado. Bom, pelo menos assim parecia.

Mais tarde vi que as sociedades secretas estavam mergulhadas em brigas políticas, infiltradas pela oposição e construindo seus próprios dogmas. Já as informações do ocultismo estavam manipuladas de forma a ter o efeito contrário do despertar no estudante.

Aos poucos ia entendendo na fisicalidade como a oposição controlava o planeta. Conseguia enxergar, através do questionamento racional e confiança na intuição, as diferentes camadas de armadilhas conscienciais do que se chama de Matrix terrestre (também devido à analogia de um excelente filme lançado em 1999).

Essa "intuição" que me ajudava, nada mais era do que o conjunto de informações que eu tinha nos meus corpos astrais em todas as dimensões dentro e fora da Terra, assim como o que eu havia estudado durante toda a minha vida, fazendo com que essa frequência chegasse à minha mente – ainda que de forma inconsciente, como intuição.

Ao me formar em comunicação, comecei imediatamente a trabalhar na área de relações públicas, eventos, marketing e afins para diversas multinacionais. Tive a oportunidade de conhecer muita gente, ter grandes responsabilidades e visitar inúmeros lugares que ampliaram ainda mais meu repertório cultural e contribuíram de forma muito eficaz para meu processo de despertar.

Mas nem tudo são flores, não. Eu também tinha um contrato de pobreza. Toda vez que alcançava uma certa estabilidade material, algo acontecia e eu perdia tudo ou quase tudo tendo que recomeçar. Uma vez foi um problema de saúde de minha mãe - tive que vender meus bens para pagar uma cirurgia. Outra vez foi um empréstimo - me enrolei em juros e atrasos de pagamentos que fiquei repondo por anos. E por aí foi...

Perto dos meus trinta anos eu tinha uma vida relativamente estável. Morava sozinho, tinha uma boa casa, condição financeira acima da média da população local. Continuava meus estudos, mas ainda não tinha achado o que procurava. A sensação era uma mistura de frustração e teimosia, difícil de explicar.

Numa busca pela Internet, encontrei um website muito curioso. Era de uma mulher que se dizia médium e escrevia em seu blog as coisas mais bizarras para mim naquele momento. Ela dizia coisas como "os reptilianos que mandam no planeta", "a Terra é um planeta prisão", "Guerra de "Orion" e coisas do tipo. Realmente parecia ficção e entretenimento. Como eu adorava esse tipo de filmes e livros, comecei a ler tudo o que ela escreveu e escrevia.

Passei os próximos três anos devorando o blog e lendo tudo o que ela indicava como bibliografia e material de estudo. Realmente, destrinchei linha por linha e pesquisava em meu acervo pessoal todas as referências que tinha. Aos poucos, tudo ia fazendo sentido. Tudo se conectava. Até nos meus sonhos surgiam coisas a respeito do que estudava e acordava com informações que não tinha nem lido, nem sonhado. De onde estariam vindo?

O nome que ela usava no site era Cleópatra, uma referência à rainha do Egito antigo. Ela nunca dizia nada de sua vida pessoal e também não postava fotos ou algo do tipo. Somente textos. Eu tinha a impressão de que só eu lia aquilo.

Foram três anos de estudos sobre a história do planeta Terra. Desde sua criação, como laboratório de experiências como planeta decimal, até sua transformação em planeta prisão devido a politicagens e manobras das organizações locais (federações, conselhos, etc.).

Cleópatra, como se auto intitulava, escrevia páginas e páginas sobre a criação do humano terrestre através de manipulação genética dos humanóides já presentes naquela época, com o intuito de servirem aos seus "deuses". Detalhava como esse projeto, um dos inúmeros de vinte e duas delegações de diversas raças que atuavam no planeta, fracassou.

Explicou, apresentando inúmeras referências históricas terrestres, as guerras que se sucederam (inclusive atômicas), quando as diversas consciências, prisioneiras dos dois lados na Guerra de Orion (um conflito antigo em nosso quadrante galáctico) foram trazidas para a Terra e aqui se encontraram. No meio dessa bagunça, presos políticos e personas non gratas de diversas raças foram trazidas para Urântia, ficando presas na quarentena que então se formava.

Contou que a chamada Superfederação interveio e colocou o planeta em quarentena num "ninguém entra, ninguém sai" galáctico, com todas as consequências. O tempo na Terra passa muito mais rápido do que na realidade fora dela. Assim, no momento em que eu lia o texto, haviam se passado apenas três anos e meio e na Terra lá se foram quase noventa mil anos.

Cleópatra continuou falando sobre o que aconteceu depois, como as consciências que iam encarnando perdiam a memória e as que não encarnavam começaram a perceber isso. Como em qualquer prisão, as facções se formaram e a "lei do mais forte" imperou. Os grupos dominantes juntaram-se e formaram a "Cabala Escura", que passou a dominar os encarnados, da turma que formou o "Governo Oculto", e por aí em diante.

Tudo me fascinava. Realmente, parecia filme de ficção. O que mais me atraía era a revisão histórica que fazia, com a Cabala Escura sempre por trás dos principais acontecimentos do planeta, desde a criação e destruição de civilizações, até fatos mais recentes, como as Guerras Mundiais e tudo o que vem depois. Explicava muito bem como esse pessoal dominante se alimentava das energias densas do medo que causava na população, que encarnava e reencarnava, esquecendo cada vez mais quem eram.

Tudo fazia muito sentido. Era como se eu já soubesse aquilo tudo e só estivesse relembrando. Na verdade, era isso mesmo. Foi em maio de 2008 que ocorreu um fato que mudou toda minha vida.

FOI ÓTIMO,
NÃO VOLTO MAIS

Aos trinta e três anos de idade eu tinha uma vida estável. Morava em São Paulo, Brasil, tinha um salário razoável como gerente de uma multinacional, casa própria, carro. Não tinha casado, não possuía filhos, o que me dava liberdade para gastar meu dinheiro com meus hobbies, além de economizar um pouco para o futuro. Tudo tranquilo...

Meu principal passatempo era a música. Adorava tocar piano. Não profissionalmente, mas, em casa mesmo, para me distrair. Cheguei até a compor algumas músicas, mas nunca me apresentei ou coisa assim. O piano e a música me faziam muito bem e a sensação que tinha era que isso se encaixava muito bem com os estudos da espiritualidade. E, realmente, tem tudo a ver.

Uma curiosidade: a frequência harmônica universal é traduzida na Terra como 432 Hz, a mesma da nota musical La (A). Hertz é uma medida terrestre que significa ciclos por segundo. Até o primeiro quarto do século XX, todo instrumento musical era afinado segundo essa referência, em perfeita harmonia com a frequência terrestre.

Foi quando a oposição percebeu uma excelente oportunidade. Lançou a afinação de todos os instrumentos musicais, assim como as músicas a 440 Hz, que passaram a ficar levemente desalinhados em relação à frequência universal. Isso não causa nenhum prejuízo aparente à qualidade musical, pois nossos ouvidos não conseguem captar a diferença. Entretanto, nosso campo energético se desequilibra ligeiramente e faz com que saiamos do equilíbrio mental físico e extra físico.

Continuando, minha vida estava bem estável naquele ano. Trabalhava muito e gostava do trabalho. Em meu tempo vago eu tocava piano e estudava muito os artigos da Cleópatra e suas referências. As experiências de sono lúcido estavam cada vez mais frequentes e as informações iam chegando sem parar.

Em certa manhã de domingo, estava sozinho em casa após tomar meu café e assistia um programa de esportes na televisão. Minha cabeça estava completamente relaxada, ao mesmo tempo prestando e não prestando atenção ao programa.

Nesse momento, senti um sono muito forte e profundo, como quando tomamos anestesia antes de uma cirurgia e o olho quer fechar sozinho. Em pouco tempo, adormeci profundamente.

Mas para minha mente, foi como um "piscar de olhos" e eu estava na sala de casa, sentado numa poltrona e o Donald, no sofá à minha frente.

- Chegou a hora de despertar, meu amigo. Parabéns, você conseguiu passar pela primeira etapa. Disse Donald, sorrindo.

- Mas eu acabei de dormir. Não tem missão hoje? Falei ainda não entendendo bem o que ele estava dizendo.

Donald então me explicou com toda a paciência de sempre:

Marcio, você está desdobrado, mas dentro de instantes vai voltar ao corpo e retomar aos poucos a consciência de quem você é. Vai despertar de verdade a sua consciência de encarnado e assumir a sua missão na Terra. Parabéns!

Com seus estudos, suas práticas, perseverança e foco na fisicalidade você conseguiu atingir o grau do despertar como encarnado. Aos poucos as coisas vão vir para você, conforme você se mantenha e intensifique seus esforços.

Nesse momento, você ainda não vai conseguir me ver ou ouvir enquanto em vigília, por isso tive que desdobrar você. Mas com o tempo, isso vai acontecer, não se preocupe. Agora, prepare-se para as mudanças em sua vida terrena para que possamos ter a maior eficácia possível em nosso trabalho.

Estamos juntos nessa, não esqueça. Até a noite!

Sem que eu pudesse perguntar nada, voltei imediatamente ao corpo e acordei com aqueles "solavancos" de quando parece que estamos caindo da cama.

E lembrava de tudo!

Lembrava de todo o encontro com o Donald, o que ele me disse e tudo mais. Uma sensação de alegria imensa invadiu minha mente. A vontade era de sair pulando!

Nos dias seguintes, minha rotina de trabalho, estudos e piano não mudou, mas as coisas começavam pouco a pouco a ficar mais claras em minha mente. Iam se juntando, se conectando e eu entendia cada vez mais o que era o planeta Terra e o que eu estava fazendo lá naquele momento. Minha missão estava clara: ajudar o maior número possível de pessoas a despertar a consciência. Mas como?

Com os meses passando, comecei a entender o que o Donald havia me dito para me preparar para as mudanças na fisicalidade. Mas não imaginava que seriam tantas assim.

A multinacional em que eu trabalhava tomou a decisão de sair do Brasil e fiquei sem emprego. Já não me sentia bem na casa onde morava e decidi vende-la rapidamente. O dinheiro que me veio, me sustentou pelos próximos meses enquanto procurava novo trabalho, sem sucesso.

Agora, num apartamento de um dormitório, alugado, eu me via sem meu piano, sem trabalho e sem dinheiro. Eu não entendia como não conseguia um novo emprego se tinha um currículo tão bom. Na verdade, eu não sabia bem o que eu deveria fazer em relação à minha missão e essa era a forma que Donald e a equipe extrafísica tinham de me fazer andar na direção correta.

Materialmente, só me restava o carro. Nessa época eu parei um pouco de estudar, pois meus esforços estavam voltados para o meu sustento material na procura de emprego com entrevistas e contatos.

Um belo dia aquilo tudo me irritou. Acabei vendendo tudo o que tinha e com o dinheiro resolvi viajar pelo mundo sem me preocupar com o amanhã. Estava bem revoltado. Já não tinha lembrança se à noite eu encontrava ou não o Donald. Só me lembrava da nossa conversa e debochava mentalmente: "que belo despertar! "

Saindo do Brasil só com uma mochila nas costas, fui para a Patagônia argentina, para a cidade de Ushuaia – a mais perto do polo sul do planeta. Às vezes de carona, outras de carro alugado e algumas de avião (quando achava um bom desconto). Fui subindo, passando por Santiago, no Chile, La Paz, na Bolívia, Lima, no Peru, Guayaquil e Quito no Equador, chegando a Cali e Medellín, na Colômbia. Nesta última, fiquei algumas semanas. Meu inglês era bom devido ao meu trabalho, mas nessa viagem pude afiar meu espanhol também.

Foi em Medellín que recebi uma mensagem de um amigo de infância que morava nos Estados Unidos me convidando para visitá-lo. Aceitei. Assim, fui até Bogotá e peguei um avião rumo a Phoenix, Arizona.

Meu amigo Roger tinha a mesma idade que eu, também solteiro e tinha uma franquia de sucos no shopping center local. Depois de passear por quase todos os pontos turísticos da cidade e do estado, numa conversa despretensiosa ele me disse:

- Por que você não fica por aqui? Me ajuda na loja, ganha um dinheiro e vive bem num país de primeiro mundo, sem as preocupações de antes, no Brasil.

Na hora dei risada, mas aquela noite passei em claro pensando naquilo. Já fazia quase um ano que estava naquela viagem e meu dinheiro já estava acabando. Estava chegando a hora de decidir o que fazer com minha vida. Não lembrava mais dos sonhos, nem dos encontros com Donald desde que saíra do Brasil, mas as informações que havia estudado desde sempre estavam ali. Eu que não estava dando mais foco a elas.

Aceitei a proposta.

Meu primeiro dia de trabalho como imigrante ilegal na loja de sucos de Roger foi no meu aniversário de 34 anos. Esse foi meu trabalho pelos próximos seis anos. Passei a alugar um quarto no fundo da casa de Roger. Muitas vezes, íamos e voltávamos juntos do trabalho. Meu salário era razoável. Dava para me sustentar e guardar um pouco. Nas horas vagas, voltei a estudar não somente os assuntos que Cleópatra trazia, mas comecei a entrar de cabeça nos estudiosos norte americanos também, como David Wilcock e Drunvalo Melchizedek, na época.

Com 40 anos completos, a situação de imigrante ilegal estava quase insustentável. Apesar de ser algo relativamente comum naquele país, me incomodava profundamente ser um "fora da lei". Precisava arrumar um jeito de me legalizar, até para poder me sentir tranquilo e viajar para outros países.

Com o dinheiro que havia guardado nesses últimos seis anos, comprei uma franquia mais simples de sucos, localizada num bairro mais humilde da cidade. Com esse empreendimento e com um novo programa de legalização de imigrantes no país, pude finalmente tirar o tal "Green Card" e me legalizei.

Tudo parecia estar fluindo novamente na minha vida e estava muito feliz por isso. Saí da casa do Roger, aluguei um espaço para mim e voltei a ter uma vida relativamente normal. Comprei até um teclado e já voltava a tocar nas horas vagas. Ah, estudando sempre, é claro. Apesar da frustração com o tal processo do despertar, continuava me interessando muito por tudo. Aquela sensação de "relembrando" toda vez que escutava algum informante falando, era muito recompensadora.

Com uma certa estabilidade de vida agora, embora fosse numa situação humilde, voltei ao hábito que não tinha há algum tempo: meditar. Mas nunca sentei em posição de flor de lótus e fechei os olhos. Nada disso. Eu gostava de caminhar observando a Natureza e isso esvaziava a minha mente.

Sete anos após chegar nos Estados Unidos, estava eu caminhando no fim da tarde perto de casa, observando a paisagem árida de Phoenix, os cactos, quando recebi o maior *download* da minha vida até então. Era tanta informação que não conseguia nem pensar direito.

Voltei imediatamente para casa, abri meu notebook e comecei a escrever tudo o que me vinha à cabeça. Naquela noite, escrevi seis horas sem parar e mais de duzentas páginas. Dormi ali mesmo, em cima do teclado.

No dia seguinte, quando acordei é que fui ler. Nesse dia nem fui trabalhar, não abri a loja. Li tudo em pouco mais de duas horas. Era um livro, com capítulos e tudo mais. Claro, um pouco "cru" ainda, mas era um livro. Era um resumo de tudo o que eu sabia em relação ao planeta Terra, à história da humanidade, essas coisas. De uma forma simples, bem introdutória.

O que mais me chamou a atenção foi a última frase, que dizia: "foi ótimo, não volto mais".

COMEÇA
O TRABALHO

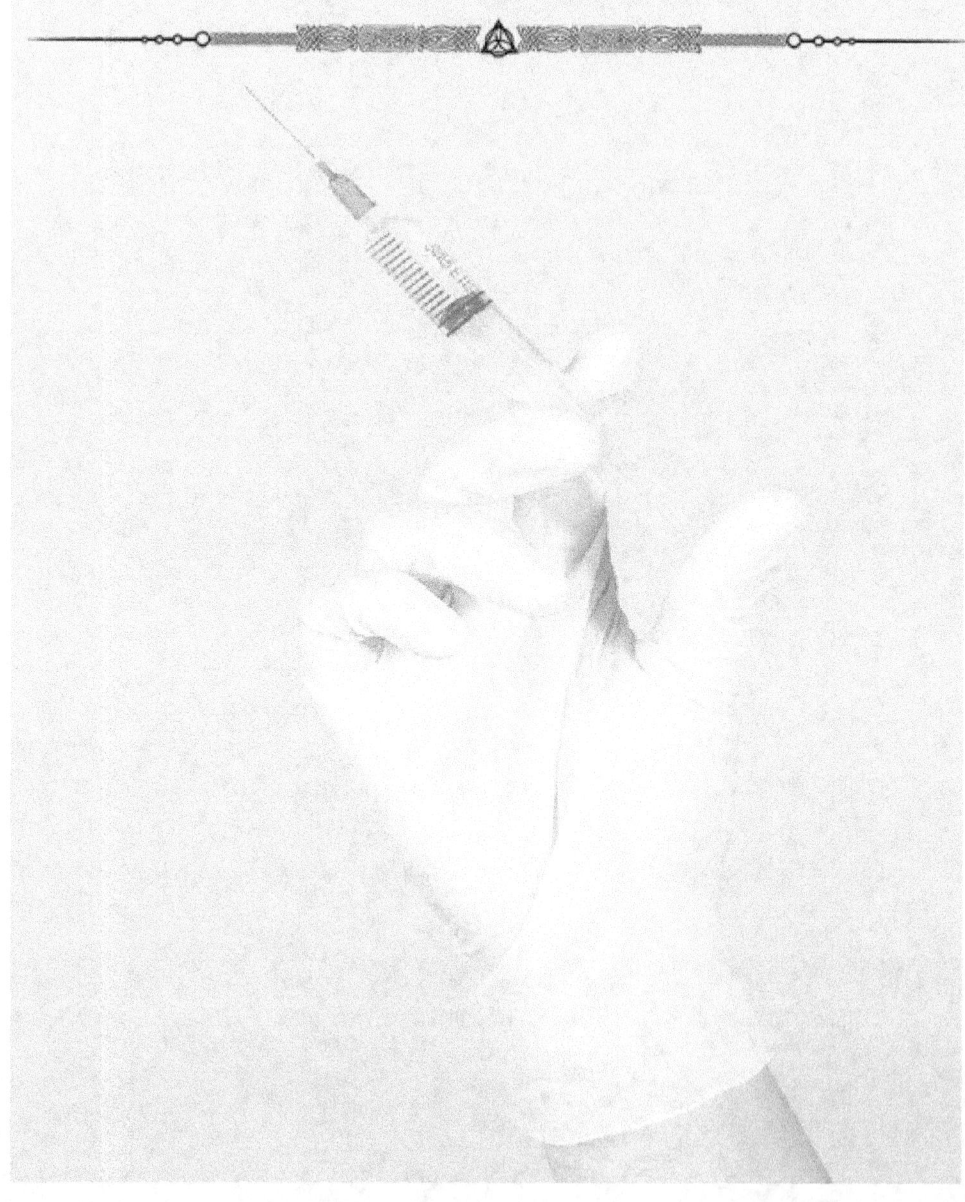

Durante a minha última encarnação na Terra, eu lancei dezessete livros, dei inúmeros cursos, fiz incontáveis palestras e me tornei um dos nomes mais fortes de assuntos de espiritualidade da época em todo o planeta.

Tudo isso aconteceu durante cerca de dez anos.

O meu primeiro livro introdutório foi um sucesso de vendas nos Estados Unidos logo no primeiro mês. Isso fez com que eu fosse convidado para várias entrevistas e participasse de vários eventos sendo pago para isso. Assim, vendi minha franquia de sucos e, finalmente, passei a trabalhar com o que mais gostava.

O processo de *download* de informação acontecia a cada livro que escrevia e os assuntos ficavam cada vez mais complexos. O meu Despertar acontecia toda vez que terminava de escrever. As informações ficavam mais claras e eu lembrava de mais uma peça que faltava no meu quebra-cabeças da fisicalidade.

Com o dinheiro que fiz com os três primeiros livros, pude sair do aluguel em Phoenix e me mudei para Sedona, no mesmo estado do Arizona, a alguns quilômetros da capital do estado. O local era muito especial, com uma energia única, o que me ajudava muito na minha conexão pessoal, nos meus estudos e também nos escritos.

Logo que me mudei, no ano de 2017 do calendário Gregoriano da fisicalidade, as mudanças frequenciais planetárias começaram a acontecer. Lembro-me bem da confusão que gerou na comunidade esotérica o ano de 2012 com o suposto fim do calendário Maia, o que seria – para muitos – o fim do mundo. A data era 21 de dezembro de 2012.

Essa previsão, como centenas ou milhares de outras estariam mais uma vez furadas. Por toda a história humana, em todas as épocas desde sua criação, os humanos esperam e declaram o fim do mundo para uma data próxima, seja por meteoros, tsunamis, terremotos, arrebatamento, fogo, enfim. Com tantas previsões todos os dias, uma hora acertam.

Mas o meu compromisso era com a verdade e a libertação consciencial do máximo possível de pessoas naquele momento. Essa era a minha missão. Minha memória voltava cada vez mais e isso me deixava mais focado no trabalho; ao mesmo tempo, me afastava amigos e qualquer possibilidade de ter uma parceira ao meu lado.

Explico.

Não é necessariamente uma regra, mas aconteceu comigo. Conforme vamos mudando nossa frequência e tomando consciência de que o Despertar é a coisa mais importante em nossas vidas, todas as outras ficam em segundo plano. Todas. Amigos, família, romances, trabalho, etc. Assim, ninguém gosta de ser colocado em segundo lugar e quem não é visto, não é lembrado. Já não ia mais às reuniões de amigos, churrascos, bares, festas ou coisa parecida. O contato com a família foi diminuindo. Meu trabalho era o Despertar. Assim, meus amigos antigos foram se afastando e novos colegas de trabalho ia conhecendo nessa caminhada pelo mundo.

Mas estava tudo certo. Estava feliz e no meu objetivo. As pessoas de fora não entendiam muito bem o que se passava. Acabei desencarnando sem me casar ou ter filhos o que afinal muito me ajudou a cumprir minha missão sem distrações. Não me entendam mal, mas uma das armadilhas mais fortes da Matrix, quando encarnados, é o apego familiar, principalmente com filhos. Lembrava-me bem de encarnações passadas e de como fui pego inúmeras vezes.

Nessa encarnação estava focado na missão e com a memória voltando a todo vapor. Consegui me aliar a pessoas que estavam no mesmo caminho por todos os lugares do mundo desde o Brasil – meu país de origem, até o Japão, onde, inclusive, consegui identificar um fractal meu encarnado, algo raro de acontecer na mesma época. Formamos um grupo de trabalho muito forte, cada um na sua especialidade. Até porque todos nós sabíamos que sozinho ninguém constrói nada.

Mas não foi tudo às mil maravilhas, não. Conforme ia avançando no projeto, os ataques da oposição aconteciam cada vez mais pesados. A cada memória que eu recobrava, eu ia quebrando um contrato ou retirando um implante negativo. A informação vinha e eu agia. Claro, sempre com retaliação.

A oposição ao Despertar sabe que não pode forçar ninguém a fazer o que não queremos. Por isso eles trabalham com convencimento e enganação para que nós tomemos as decisões que eles querem que tomemos. Da mesma forma, assim que tomamos consciência do que fizemos, podemos cancelar tudo. Mas, claro, eles reagem. Da pior forma possível para ver se ficamos com medo e retomamos o acordo.

Daí mais uma vez entra o perigo do apego, pois quando eles não conseguem nos pegar, miram nossos amigos e familiares. Eles sabem quais são nossos pontos fracos. Nessa caminhada, vi muitas pessoas deixando de despertar por medo do que poderia acontecer com esposas, esposos, maridos, filhos, irmãos e por aí vai.

Infelizmente, essas pessoas não sabem que o medo alimenta a oposição e essa decisão de desistir condena não somente a pessoa, mas todos os entes queridos a continuarem escravos indefinidamente do sistema. Essa opção, sem dúvidas, é a pior de todas.

Era esse o meu trabalho. Levar esclarecimento a todos e foi o que fiz. Entretanto, não só os meus carcereiros cobravam os contratos que eu quebrava, mas, também o das pessoas que eu ajudava. A carga não era fácil e sem o apoio de cada um do meu grupo eu não conseguiria.

Por isso, como dizia anteriormente, o ano de 2017 foi tão importante. O planeta chegava mais uma vez ao final do ciclo consciencial da experiência terrena, ou seja, os 25.590 anos que o sistema solar demora para orbitar a estrela de Alcione. Ainda há alguns espiritualistas que contam as duas metades, portanto, podem dizer que são aproximadamente 13.000 anos de cada ciclo. Tanto faz.

Nesse período, todo o sistema solar passa por uma área da Via Láctea chamada Cinturão de Fótons, ou seja, partículas de luz. A consequência do contato dos campos eletromagnéticos de todos os astros do sistema solar com esse cinturão é a agitação energética, gerando um aumento vibracional.

No sol, o astro-rei que rege todo o sistema, isso causa um aumento em sua atividade, tanto no período de baixa solar, quanto no período de alta solar, onde cada um dura cerca de 11 anos terrestres. Esse aumento de atividade gera mudanças climáticas em todos os planetas e luas, alterando todo o campo eletromagnético de cada corpo, modificando consequentemente todo o campo do sistema.

A principal consequência disso para o humano encarnado é o aumento frequencial da consciência de cada um que ocorre por ressonância planetária, independentemente do grau consciencial de cada um. Em outras palavras, todos começam a despertar a consciência, querendo ou não. Nas pessoas que estão despertando, isso pode ser positivo pois acelera um processo que já foi começado; mas, nas pessoas que ainda não começaram o processo, pode parecer o fim do mundo, o período mais confuso e complicado de toda sua existência.

Colocamos até um apelido nesse comportamento: "loucura do fim dos tempos". Isso começou a acontecer de forma mais aguda a partir de 2017, com sua primeira virada no ano de 2020.

Em 2020 eu morava em Sedona e já estava bem financeiramente. Meu trabalho já estava consolidado e meu nome já era estudado em boa parte do mundo. Mas quem viveu na Terra nesse período não esquece mais.

A guerra temporal entre os humanos e reptilianos de que falamos anteriormente, chega num momento chave. Era do conhecimento tanto das consciências a favor do despertar, quanto das que são contra, que o ano de 2026 é um portal muito forte de convergência de linhas do tempo. Ou seja, a que prevalecer nesse ano, será a principal a partir dali. Com as investidas cada vez mais fortes do Comando Temporal – uma espécie de polícia do tempo, sabíamos que seria muito difícil mudarmos a realidade do planeta após essa data. Sendo assim, todos os esforços seriam feitos para que a linha do tempo de seu interesse prevalecesse naquele ano.

O meu trabalho era tanto na fisicalidade, quanto fora dela. Nessa altura, eu já tinha consciência do interesse dos dois lados e já lutávamos há muito tempo contra as investidas da oposição nos esforços de mudanças de linhas do tempo. Um de seus planos, já bem conhecido por todos, era o de uma pandemia mortal, que mataria cerca de três quartos da população terrestre. Assim, o restante vibraria num medo intenso e seria facilmente controlado.

Nossa maior luta era com o inconsciente coletivo que, frequentemente, autorizava as investidas da oposição através da vibração no medo. E foi assim que a "Plandemia" de 2020 aconteceu.

Infelizmente, o inconsciente coletivo autorizou a investida da oposição e fomos todos pegos de surpresa. Um novo vírus estava para surgir e seria extremamente letal. Reunimos forças e agimos rápido multidimensionalmente tendo um infiltrado num laboratório de um país asiático. Conseguimos modificar o código desse vírus, deixando que ficasse muito menos letal do que originalmente planejado.

Mas, infelizmente, não conseguimos impedir o que estava por vir, pois tinha sido frequencialmente autorizado. Foi assim que começou a suposta pandemia do Covid-19.

O planeta parou em função de um vírus cuja mortalidade é inferior a 3%. O pavor foi insuflado na mente das pessoas por todo o mundo: comércios foram fechados, cidades, aeroportos... Isso, por três anos, fazendo com que a incerteza e o medo do vírus baixassem ainda mais a vibração planetária.

Além do mais, apenas quatro meses após a identificação oficial do vírus na fisicalidade, uma vacina foi lançada. As pessoas estavam tão atordoadas com tudo aquilo que a discussão de como os cientistas conseguiriam reagir a uma nova doença em tempo recorde foi rapidamente abafada no mundo todo. Essa solução aparentemente milagrosa era mais uma investida da oposição na baixa frequencial.

Nós trabalhamos muito, muito mesmo. O mais difícil foi na fisicalidade, pois não temos como combater a Matrix sem ser com as próprias armas da Matrix. Assim, mais uma vez, nos concentramos nas vacinas e remédios que viriam depois, que serviriam de baixa vibracional para inserirmos o nosso código de cura. Dos males, o menor. Eles inseririam nanotecnologia e metais pesados nas pessoas, mas nós também conseguiríamos inserir a cura.

Nessa época, nosso trabalho basicamente se resumia a pagar incêndio. Afinal, sabíamos que o plano principal era sufocar a população em 2023, visando o cheque mate em 2026. Descobrimos que a oposição queria lançar seu vírus mortal em 2023, matando entre 30% e 70% da população global, restando três anos para a consolidação de sua linha do tempo principal. Não podíamos deixar que isso acontecesse.

Em 2022 a minha conexão multidimensional e o acesso a minhas memórias estavam completas. Eu já enxergava a multidimensionalidade com facilidade e me comunicava com nossos aliados mentalmente dentro e fora da Terra. Eu estava no meu máximo potencial como encarnado.

Também sabia que essa condição não seria por muito tempo pois nenhum corpo físico humano aguentaria. Ou adoece ou enlouquece. Mas eu tinha um objetivo a cumprir a curso prazo. Faltavam apenas quatro anos para 2026 e não poderia falhar.

Foi então que reuni toda a minha rede de trabalho em desdobramento e fomos fazer uma visita ao conselho planetário.

A VIRADA DE JOGO

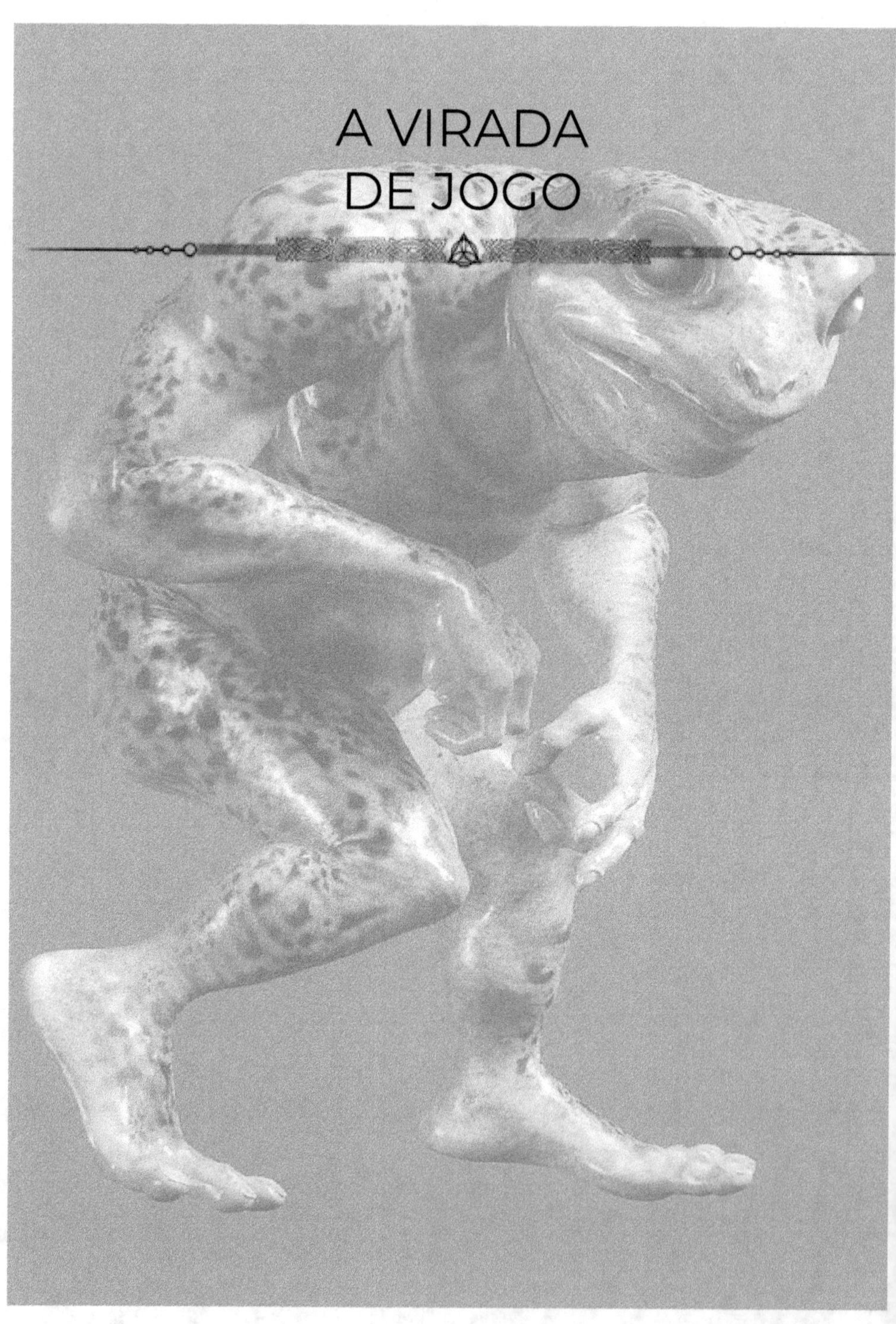

O Conselho Planetário terrestre é um pouco diferente dos demais. Como o planeta está em quarentena, e já explicamos a situação anteriormente, ele está sendo gerido temporariamente por doze consciências de grau Melquizedeque, ou seja, anciãos que atuam em projetos especiais em nosso universo local.

Um conselho não pode ser parcial. Ele é neutro e suas decisões têm que ser racionais e baseadas na justiça divina, ou lei cósmica, com total isenção. E o conselho terrestre não é diferente.

Apesar de gerenciarem frequencialmente a Terra, eles não se intrometem em acontecimentos que sejam autorizados pela consciência coletiva. Também não estão localizados fisicamente no planeta, mas numa esfera, logo "fora" frequencialmente, perto o suficiente para supervisionar e longe o bastante para não serem atingidos pela psicosfera terrestre. Para acessá-los temos que nos desdobrar dentro do desdobramento astral, um processo complicado de explicar nesse momento, mas que eu tinha no meu leque de conhecimentos mentais.

Chegando ao local onde o conselho atua, eu e meus oito principais companheiros e companheiras de trabalho pedimos uma reunião com os doze. Fomos prontamente atendidos como qualquer grupo seria, sendo da oposição ou a favor do despertar – como deve ser.

Entramos os nove no salão e os doze conselheiros se apresentavam sentados logo a nossa frente. Eu, como o líder do trabalho, me aproximei de um deles, que também se apresentava como líder do conselho.

Mentalmente passei a situação planetária e todos os contratos assinados pela minha equipe e o que fora acordado. Estava evidente que algo estava além do limite.

Além da situação caótica em que o mundo vivia, nosso grupo em particular sofria ataques em todas as esferas dimensionais terrestres sem parar e de todos os lados. Era virtualmente impossível fazer o nosso trabalho pois nos ocupávamos dia e noite em nos defender e nos recuperar de investidas da oposição. Certamente não fora isso o combinado e o conselho logo percebeu.

Com toda a imparcialidade que lhes é peculiar, nos disseram que a situação planetária era autorizada pela consciência coletiva e nada podia ser feito naquele momento no âmbito planetário. Nesse quesito, nos aconselharam a procurar o conselho sistêmico.

Quanto à situação de nosso núcleo de trabalho que ali estava representando a nossa rede consciencial, eles concordaram que a oposição estava passando dos limites e foram imediatamente chamados ao local. Eram três seres com aparência humanóide, mas com traços de anfíbios, como sapos. A aparência não era das melhores. Atrás deles, dois guardiões muito altos de aparência réptil só observavam. O conselho foi curto e grosso e deixou bem claro até onde eles poderiam interferir, ou não, com o nosso trabalho. Veja bem, eles não disseram que era para não interferir. Eles colocaram um limite na interferência e na forma de intervir.

Voltamos para nossos corpos e, em alguns dias, já começamos a sentir a diferença. Não é que os ataques pararam, de forma alguma, mas, pelo menos, conseguíamos respirar e produzir um pouco mais e não só nos defendermos dia e noite.

Fiquei pensando no que o conselheiro dissera quanto a procurar uma esfera superior para tratar sobre a situação planetária. Comentei brevemente com os outros oito que lideravam nossa rede e concordamos que eu iria sozinho buscar mais informações. Mais uma vez desdobrado do corpo, me desdobrei novamente e fui visitar uns antigos amigos: o Conselho dos Nove.

Como vocês já sabem e já comentamos antes, o Conselho dos Nove, ou Conselho de Saturno, decide e influencia acontecimentos e rumos do nosso bairro galáctico. Não era simples, nem fácil, ter acesso a eles a partir da fisicalidade terrestre. Mas, por algum motivo que eu não me lembrava na ocasião, eles concordaram em me receber. Eu realmente não tinha lembrança da minha relação com eles, pois não sabia de muita coisa antes de entrar na Terra.

A conversa foi muito rápida. Como não me lembrava do meu envolvimento com eles e eles também agiram como se nada houvesse, tudo foi muito aberto e formal. Enviei as informações planetárias que gostaria e obtive a resposta de volta.

Basicamente o que disseram foi para eu não me preocupar com o destino planetário e fazer somente o que me foi passado como missão, pois o assunto estava sendo discutido nas mais altas esferas de nossa galáxia. Havia uma enorme possibilidade de todo o Grupo de Orion e seus aliados serem julgados e condenados pelos seus atos no planeta. Mas que isso aconteceria num prazo maior na fisicalidade terrestre do que nessa esfera, devido a diferença de percepção temporal. Sendo assim, provavelmente eu desencarnaria antes de ver alguma "justiça" por lá.

Saí satisfeito da reunião e pronto para focar novamente na minha missão, agora com um certo folego e um senso de justiça, mesmo que ainda como promessa.

Coincidentemente ou não, a partir dessas duas reuniões as coisas começaram a mudar não somente para nós, mas para a humanidade. Não vamos dizer que o melhor que poderia acontecer, aconteceu, mas também podemos afirmar que a agenda da oposição não aconteceu por completo.

Trabalhamos como nunca em 2022. Eu nunca precisei tanto da ajuda de meus companheiros como naquele ano, principalmente com retiradas de chips e implantes, além da resolução de traumas e nós frequenciais através da ressignificação em minha linha temporal, dessa encarnação e de outras – holográficas, ou não. Era muita terapia.

Mas esse trabalho deu frutos. A oposição não conseguiu implementar uma nova pandemia ainda mais mortal em 2023, "apenas" emplacando uma nova onda chamada de Covid-23. Sim, algumas pessoas morreram e o medo de 2020 acabou voltando de alguma forma, mas nada comparado com o planejado com metas de até 70% de mortalidade. Dessa vez ficou por volta dos 15%. Lamentamos, claro, mas na guerra, quanto menos baixas, melhor.

Os anos de 2024 e 2025 foram de recuperação da nova pandemia, muito parecido com o que foi 2021 e 2022. Crises de todos os tipos: econômicas, culturais, sociais..., mas dessa vez parecia que as pessoas já sabiam o que fazer. Estavam mais bem preparadas, mais conscientes. Mais despertas!

Assim entramos 2026 com uma frequência neutra e a oposição já estava desesperada pois suas últimas investidas não tinham emplacado. Não foi "só" pandemia não. Tentaram crise econômica profunda, terceira guerra mundial, meteoro em direção ao planeta e até a revelação de vida inteligente extraterrestre. Todas as investidas eram amenizadas ou desviadas o suficiente para manter, pelo menos, a neutralidade.

A convergência das linhas do tempo estava para acontecer no mês de dezembro de 2026. Intensificamos ainda mais o nosso trabalho em todos os níveis. Devido a esse portal, não conseguíamos enxergar além dessa data – ninguém conseguia, nem nós, nem a oposição. Ninguém sabia o que ia acontecer, qual linha de tempo ia ser a escolhida e prevalecer.

Naquele momento, a maioria das realidades paralelas já tinham sido absorvidas e no último trimestre de 2026 tínhamos somente três possibilidades: uma vertente onde a oposição implantaria com sucesso sua "Nova Ordem Mundial"; uma outra, onde as coisas ficariam basicamente seguindo o rumo atual (com a recuperação da economia, avanço tecnológico moderado, mas sem grandes mudanças) e, uma terceira, mais positiva, onde autorizávamos coletivamente pelo quociente frequencial terrestre um contato extraterrestre positivo.

Foi quando começou dezembro que tivemos a convergência das linhas temporais e a segunda opção, a mais neutra, foi a escolhida e prevaleceu. A maioria absoluta da população mundial nem sabia que isso estava acontecendo ou percebeu qualquer mudança prática em suas vidas, mas nós e a oposição sabíamos o valor daquilo e as consequências para todos.

Não era uma linha do tempo revolucionária em nenhum sentido, mas não perder a guerra, mesmo que não tenhamos ganho também, para nós já era uma vitória.

Naquele momento, juntando o que eu conseguia perceber com o que não percebia multidimensionalmente, nossa rede tinha cumprido sua meta e despertado a quantidade de consciências que tinha que ser desperta na fisicalidade. Assim, eu não tinha mais o que fazer no plano físico.

No dia 17 de dezembro de 2026, um pouco antes da convergência total da linha temporal, Donald se materializou em minha frente enquanto eu estava em casa em Sedona, Arizona, me preparando para dormir e disse:

-*"Hora de ir embora, meu amigo"*.

O COMEÇO DO FIM

Sim, eu morri. Mas foi como num piscar de olhos, rápido, indolor. Na verdade, demorei alguns instantes para entender o que estava acontecendo de tão natural que tudo parecia.

O que me chamava mais a atenção na ocasião, apesar de toda a informação teórica estar na minha mente, é que dessa vez não tinha túnel de luz e ninguém me esperando do outro lado. Na verdade, não conseguia nem perceber algum "lado". Simplesmente pisquei os olhos e sai caminhando com Donald. Bem diferente das minhas outras experiências de desencarne.

Devido à baixa frequência e aos sentimentos de medo, culpa e apego que temos, ao desencarnar somos vítimas de nossa própria consciência e a oposição sabe disso. Faz de tudo para nos enganar e para que imploremos para reencarnar nas cidades astrais. Isso na melhor das hipóteses, pois 90% das pessoas que morrem, nem sabem que desencarnaram. Ficam vagando pela Terra achando que ainda estão participando daquilo tudo. Os poucos que têm essa consciência da passagem, na maioria dos casos, ficam presos à suas crenças – seja em mundos holográficos mentais ou no chamado "Umbral", sofrendo.

Um dos maiores indícios de que realmente tinha despertado e concluído minha tarefa com êxito assim como afirmara Donald, foi essa passagem praticamente imperceptível. Como deveria ser com todos.

Mentalizamos a Universidade do Despertar e fomos imediatamente transportados para o local onde passei trinta anos estudando, na cidade astral de Aruanda. Era uma alegria estar lá de volta, depois dessa minha última tarefa como encarnado.

Fui levado para a sala de projeção para revisarmos a minha passagem pela Terra e concluir minha saída. Como se fosse uma assinatura de conclusão. Essa sala era como um cinema, não tenho como descrever melhor. As imagens de minha vida passavam na minha tela mental à minha frente e na de todos que estavam conosco, também.

O objetivo não era mostrar o que fiz em minha vida pessoal, mas, sim, o que fiz para o despertar da humanidade para que eu soubesse qual foi o desfecho daquele trabalho.

Todo esse processo durou alguns meses durante os quais, novamente, fiquei hospedado na casa de Donald. Mais tarde soube que esse processo também serve de limpeza do nosso campo energético através da dissolução de todos os *imprints*, ou seja, traumas e situações importantes de encarnações anteriores na Terra que ainda poderiam estar presentes em algum dos nossos corpos.

Após a conclusão de todo o processo, eu estava completamente limpo das frequências da 4D terrestre, sem qualquer ressonância com aquele plano. Assim, se tornava impossível eu ser magneticamente levado a uma eventual encarnação compulsória (por autorização frequencial) ou cair em qualquer outra armadilha emocional. Estava fisicamente pronto para despertar na 5D agora.

Também me foi parcialmente revelado o futuro do planeta após a minha saída de lá em 2026 segundo a contagem humana do calendário Gregoriano ocidental.
Nos próximos anos, em seguida à minha saída, a humanidade passou por um longo período de adaptação. Felizmente, todos os acontecimentos que antecederam a convergência de 2026, levaram a uma linha de tempo neutra, o que possibilitou que a humanidade fosse lentamente despertando. Veja, o despertar é um futuro que não pode ser mudado. É uma lei natural. O que a oposição pode fazer é apressar ou atrasar o processo, mesmo que indefinidamente. Mas a volta à Fonte, como sabemos, é um direito absoluto de todas as consciências em todos os universos.

Na Terra não foi diferente. Antes tarde do que nunca! Por volta do ano de 2160 o despertar atingiu um grau vibracional onde as pessoas já conseguiam se comunicar com a 5D e a 6D. Além disso, o desdobramento mental lhes possibilitavam a comunicação, inclusive, com seres de fora do planeta. Algumas coisas ainda precisavam ser corrigidas em relação à tecnologia, sistema econômico e alguns outros detalhes, mas o "sonho" de uma era de ouro finalmente tinha se realizado. Não me deram todos os detalhes, mas era muito confortador ver que todo o esforço que culminou em 2026 deu certo e que, eventualmente, o planeta despertou.

Mas, para mim, ainda restava a caminhada pela 5D, depois pela 6D, para finalmente voltar ao meu corpo em suspenção e à Maldek com minha missão cumprida.

Ali na Universidade do Despertar, em Aruanda, eu tinha a certeza de que o pior ficara para trás, mas não tinha a mínima ideia das dificuldades que ainda teria pela frente.

NÃO TÃO RÁPIDO ASSIM

Eu não tinha a menor idéia do que estava por acontecer comigo daí para frente. Sabia que tinha despertado na 4D e que agora estaria de volta, a caminho de casa. O que não sabia é que o mesmo esforço que tive que fazer na 4D, teria também na 5D agora.

Minha vida em Aruanda, dessa vez, seria bem diferente: de um lado, voltaria a estudar na Universidade, embora numa turma mais avançada, como uma "pós-graduação"; por outro, continuaria a minha luta pelo despertar, assim como já fazia desdobrado quando encarnado, ou seja, ajudando os encarnados como guia, mentor, "entidade", mas também me envolvendo nas políticas exclusivas da 5D (que não são poucas).

Vou tentar explicar resumidamente, para compreensão da minha experiência, o que foram os meus seguintes setenta anos terrestres na 5D antes de ascender à 6D.

Os estudos nunca cessaram. Dessa vez minha sala de aula tinha poucos alunos, muito menos que anteriormente, e todos faziam parte da minha equipe de trabalho. As aulas aconteciam no mesmo esquema de antes, com os professores e as projeções mentais em *downloads*. A diferença era que agora a velocidade das informações e dos acontecimentos aconteciam com muito maior rapidez.

As aulas eram focadas em como a 5D e a 6D funcionavam em relação à fisicalidade 4D e o objetivo final de reencontro de fractais de volta à Alma na 7D. No meu caso, ao meu corpo em suspensão. Portanto, a missão agora não era despertar, pois isso já tinha acontecido, mas, sim, o reencontro dos fractais. Aí, sim, poderia haver necessidade de alguns deles despertarem e nosso auxílio seria nesse sentido.

O que aprendíamos na sala de aula era imediatamente aplicado na prática em nossas missões. Não tínhamos tempo a perder. Na fisicalidade o despertar é urgente e na 5D o despertar de todos os nossos fractais é a urgência da vez.

O primeiro desafio era localizá-los. Como estávamos na 5D, tínhamos que localizar nossos fractais na 4D em algum local do espaço-tempo terrestre, ou seja, em que local e em que ano eles se encontravam na linha de tempo terrena da 4D. Para que isso fosse possível, estudamos e praticamos muito a percepção frequencial usando nossos corpos superiores. Toda a equipe ajudava a localizar os fractais de todos. Éramos em nova consciências nesse núcleo de trabalho.

No meu caso específico, eu precisava auxiliar três fractais meus a despertar. Em nossa equipe o número total era de quarenta e nove e ninguém sairia de lá enquanto todos não tivéssemos cumprido essa missão.

O processo de localização e resgate desses fractais era muito similar e todos trabalhávamos em todos ao mesmo tempo. As novas consciências se revezavam no resgate das quarenta e nova que tínhamos como objetivo. Claro, quem liderava a estratégia de um fractal era o seu correspondente. Assim, liderei a estratégia dos meus três "irmãos", mas todos os nove trabalharam firmemente para isso.

Depois de localizarmos todos através dos exercícios de percepção aprendidos na universidade, partíamos para a visita de reconhecimento. Por algum tempo, cada um de nós visitava os fractais que nos era correspondente a fim de levantar todas as informações a respeito da vida do encarnado.

Após essa verificação in loco, voltávamos à universidade e tínhamos acesso aos contratos encarnacionais de cada um. A partir daí era feito um estudo profundo do que estava programado para cada um deles, já traçando estratégias para facilitar o caminho encarnacional de cada um a fim de acelerar ao máximo possível o despertar das consciências.

Finalmente, cada um dos nove da nossa equipe tinha um plano de resgate detalhado e com funções específicas para despertar o fractal. Caso fosse necessária alguma ajuda externa especial, isso estaria descrito no relatório final e a consciência escolhida era convidado – o que quase sempre era certeza de cooperação.

Toda a missão envolvendo os quarenta e nove planos estratégicos era então levada para a administração central de Aruanda para aprovação final, o que invariavelmente acontecia. Como a Universidade do Despertar atuava independentemente da cidade-nave, essa consulta era mais proforma, pois nos planos teríamos o suporte de todas as entidades que respondiam para a administração de Aruanda que estão a favor do despertar da humanidade.

Vou contar para vocês um pouco sobre os meus três casos. Donald me ajudou em todos os planejamentos, mas a execução ficou mesmo por conta da equipe. Donald seria o décimo integrante da equipe, se participasse.

Meu primeiro fractal era uma mulher nascida no Japão no ano de 1952. Foi a primeira com que trabalhei. O interessante era que enquanto encarnados estávamos vivos na mesma época, mas sem nos conhecermos, claro. Isso não é tão comum quanto parece.

Seu contrato encarnacional tinha muitas dificuldades. Ela era casada, sem filhos, não lhe faltava nada materialmente, mas seu marido exercia a função de chefe da casa e chefe da vida dela também. Ela não podia tomar quase que nenhuma decisão por si mesma. Tudo dependia dele. Isso dificultava e muito o acesso aos estudos do despertar e também o aumento frequencial dentro de casa. Claro, o marido era um contrato que a oposição colocara em sua vida.

A primeira abordagem, com todos, era feita durante o sono, em desdobramento. Levávamos esse fractal para a Universidade do Despertar – caso ele tivesse essa condição – e explicávamos o que estava acontecendo, aos poucos, em inúmeros desdobramentos.

Caso a consciência não tivesse capacidade frequencial para nos acompanhar até Aruanda, tínhamos primeiro tratar seus corpos multidimensionais em hospitais e pronto socorros do astral para depois então conseguirmos levá-los às reuniões.

No caso da japonesa, felizmente, ela tinha um gradiente frequencial que possibilitava acompanhar-nos até a universidade. Eu mesmo expliquei a ela o que estava acontecendo em diversas sessões. Aos poucos, ela foi entendendo a informação na 5D e assimilando o que era tratado. Como éramos a mesma consciência manifestada em diferentes individualidades na Terra, foi muito fácil para nós trocarmos informações um com o outro. A dificuldade estava em passar essas informações e direcionamentos para a fisicalidade 4D.

Nossa estratégia foi aproximar uma consciência desperta na vida dela, sem a interferência do marido, para que as informações que passávamos na 5D fossem enviadas também para a 4D e o *download* fosse feito.

O único passatempo que ela tinha e que seu marido permitia era a pintura. Ela tinha um talento nato para isso e fazia quadros maravilhosos. Assim, colocamos uma professora de pintura em sua vida e manipulamos todos os acontecimentos ao redor para que as aulas começassem. Não demorou para que as aulas se transformassem em conversas e confidências, desenvolvendo-se para questões extrafísicas.

Depois de alguns anos de "aula", conseguimos passar todas as informações e, aos poucos, ela foi tendo sonhos lúcidos, ou seja, lembrava de nossos encontros na universidade na 5D, e pode então despertar em vida.

Consciente de que não conseguiria mudar o marido e a cultura local do país naquela época era muito difícil no que tange a uma pessoa separada (principalmente para a mulher), com medo de retaliações, ela resolveu ficar quietinha e desperta ajudando o mundo de forma frequencial apenas e em desdobramento, levando seu dia a dia na rotina aparente de sempre.

Seu desencarne aconteceu de forma natural e a recebemos com festa na universidade. Ela então seguiria para seus estudos e, eventualmente, para o encaminhamento à 6D. Nós partimos para a próxima missão.

Meu segundo fractal a ser resgatado então, era um trabalhador comum, ajudante de um comerciante que vivia na Grécia, encarnando no ano de 893 a.C. na contagem terrena.

Esse caso foi extremamente complicado e me custa falar disso até hoje.

Seu pai abandonou sua mãe ainda na gravidez e ela veio a falecer no momento do parto. O menino foi então criado por uma vizinha que ficou com pena dele, mas que também veio a falecer quando ele tinha cerca de cinco anos de idade. Desde então, passou a morar na rua e pedir comida na praça principal de Atenas.

Essa experiência forte nas ruas fez com que desenvolvesse uma sagacidade que poucos tinham. Pelo menos algo bom teria que tirar disso. Tinha um grande potencial e aprendia muito por observação. Passou praticamente toda a infância observando os comerciantes na praça. Não demorou muito para conseguir um trabalho de auxiliar numa quitanda de frutas, onde passou praticamente toda a sua vida. Não se casou, não teve filhos. Com o dinheiro de seu trabalho, conseguiu morar num quartinho nos fundos da casa do dono da quitanda.

Nós passamos durante toda a sua vida tentando influenciar o dono da quitanda e sua família para ver se despertávamos algum deles, e nada. Tentamos melhorar a vida dele dando-lhe outras oportunidades. Algumas foram sabotadas pela oposição e, outras, foram desperdiçadas por seu próprio livre arbítrio.

No final, quando de seu desencarne por pneumonia com apenas vinte e sete anos, ele foi levado a um pronto socorro no Umbral que fica bem em cima da cidade de Atenas e o deixamos sob os cuidados médicos e a supervisão de um representante de Aruanda. Infelizmente, nesse caso, o despertar não aconteceu em vida e teríamos um enorme caminho à frente para traçar uma nova estratégia, já que não havia mais tempo para uma nova encarnação.

O terceiro e último fractal era uma mulher que ocupava uma posição de liderança no governo egípcio, no ano de 1347 a.C. Ela trabalhava fazendo o gerenciamento geral do palácio do faraó Akhenaton e de sua esposa Nefertiti, cuidando de toda a logística e bom funcionamento da casa real.

Felizmente, devido à sua excelente posição, criação e educação, conseguimos influenciá-la da melhor forma possível. Fizemos uma parceria com a rede de trabalho que estava gerenciando o projeto de Akhenaton e aproveitamos para colocá-la como bem quista pelos faraós, que fizeram questão de dividir com ela todos os ensinamentos que conseguiam canalizar na ocasião.

Para quem não está familiarizado com a história do país chamado Egito, Akhenaton foi o único faraó desse país que se atreveu a implantar o monoteísmo, dizendo que só existia um único deus (o Sol), em contraponto ao histórico politeísmo da região. Além disso, inseriu na cultura vários conceitos do despertar e ferramentas de aceleração do aumento vibracional. Tudo isso foi fruto do projeto multidimensional dessa equipe com que fizemos parceria. Triste foi ver que após sua provocada morte, tudo voltou a ser como antes no Egito e seu trabalho quase se perdeu na história.

Mas não antes de resgatar meu fractal. Ela aprendeu tudo o que pode, despertou em vida e nos encontrava com frequência todas as noites em desdobramento. Inclusive ajudamos a equipe de Akhenaton com algumas informações que precisavam. Seu desencarne aconteceu de forma bem sutil e ela se juntou aos demais na Universidade do Despertar, em Aruanda, para seguir seu rumo na 5D e 6D, eventualmente.

Das quarenta e nove consciências que fomos resgatar, conseguimos ter sucesso em trinta e quatro delas. Era uma taxa de quase setenta por cento, que estava bem satisfatória. Quem não tinha sido resgatado e pertencia aos quase trinta por cento, estava invariavelmente em hospitais e pronto socorros no astral para tratamento, como o caso de minha experiência na Grécia. Alguns mais graves do que outros, mas agora não nos cabia mais a intervenção – somente a torcida.
Com o trabalho de resgate terminado, agora chegava a hora de partir para a próxima etapa do processo.

ASCENSIONANDO NOVAMENTE

A ascensão para a 6D aconteceu de uma forma bem inusitada. Eu já estava tão acostumado com a vida entre a fisicalidade na 4D e o astral na 5D, nessa ida e volta da Roda de Samsara, que nem tinha pensado ou me atentado de como seria esse retorno à 6D terrestre.

Sim, há uma morte.

Morte no sentido de passagem e a "perda" de um corpo, a "troca de roupa". Mas certamente é uma experiência bem diferente da morte na 4D.

Dessa vez, após todos os nove terem cumprido suas missões, fizemos uma reunião na Universidade com o Donald nos dando o balanço final das missões e dando os direcionamentos do que teríamos que estudar e fazer dali para frente. Mas em nenhum momento ele mencionou, propositalmente, o que estaria para acontecer.

Naquele dia cheguei em casa para descansar. Fiz minha rotina de sempre: entrei, tomei meu líquido energizado que servia algumas vezes como alimento do corpo físico na 5D, fiz minha higienização energética – uma espécie de limpeza ou banho no astral - e me deitei para descansar o corpo da 5D e me desdobrar na 6D.

Assim que me desdobrei na 6D me senti mais consciente do que nunca. Me vi flutuando acima do meu corpo da 5D, deitado na cama, e saí volitando pelo teto da casa. Assim que rompi essa barreira, Aruanda não era mais a mesma. Os prédios eram diferentes, apesar das ruas e dos contornos serem muito parecidos. Fiquei um pouco assustado, mas resolvi ir direto à Universidade em busca de respostas.

Ao chegar lá, Donald estava de pé em frente à porta principal, sorrindo.

- Bem-vindo à 6D terrestre, meu amigo.

- Donald, eu desdobro para cá toda noite, que história é essa agora, perguntei.

Donald então disse:

- Mas é a primeira vez que ascende em definitivo da 5D para a 6D terrestre. Essa morte é mais tranquila, não?!

Foi nesse momento que, finalmente, entendi que havia ascensionado, ou morrido na 5D, e agora estava no 6D, definitivamente. Realmente, foi bem diferente de qualquer outra experiência na Terra. Não senti nada. Parecia um desdobramento comum de toda noite, com a diferença de que, realmente, a cidade estava diferente do que era. Agora entendia que ela já estava na configuração da 6D. A Universidade me parecia a mesma à primeira vista.

Ao entrarmos no prédio, encontrei-me com os outros oito membros da equipe, que já estavam lá me esperando. Todos "mortos" na 5D e, agora, ascensionados na 6D, como eu. Donald nos conduziu à sala de reunião, dizendo que não tínhamos tempo a perder.

Quando chegamos à sala, levamos um susto: era um auditório grande, em forma de teatro. Na frente havia novas cadeiras e, na plateia, estavam as trinta e quatro consciências que havíamos resgatado na 5D, inclusive minhas experiências na Grécia e no Egito.

Foi uma festa. Todos se abraçaram, alegres, contavam histórias. Ficamos um bom tempo assim, confraternizando. Donald olhava de longe e só sorria. Para falar a verdade, esse primeiro dia foi só isso mesmo. Nosso encontro no salão, a troca de experiências, os sorrisos, a confraternização. Uma espécie de celebração pelo que alcançamos e um breve respiro para ganhar forças para o que estava por vir.

A nossa rotina, a partir de então, na Universidade foi bem parecida com nossa vida na 5D. A diferença é que passamos a dormir em alojamentos dentro da própria Universidade e o nosso "alimento" era banho de sol mesmo que por alguns minutos. Praticamente não dormíamos. O descanso funcionava como uma meditação na Terra:

Concentrávamos e visualizávamos algumas formas e energias, que serviam para nos revigorar e organizar as ideias.

No segundo dia tivemos nossa primeira reunião de verdade. Foi naquele mesmo auditório em que nos encontramos anteriormente. As novas consciências, que formaram a equipe na 5D, sentavam-se à frente, todas as trinta e quatro no auditório e Donald era o nosso professor orientador.

Passei quase cem anos terrestres na 6D.

Nos primeiros trinta anos, ficamos quase que exclusivamente dentro do auditório estudando com Donald como a 6D funcionava, detalhes sobre como agrupar os fractais para a volta à alma e a saída terrestre e orientações sobre nossa última missão: o resgate dos fractais restantes na 5D.

Nos vinte anos seguintes, fizemos uma espécie de "estágio" acompanhando e ajudando no resgate de fractais de outras consciências de outras equipes da Universidade. Vendo na prática como as coisas eram feitas e também ajudando quando preciso, para adquirirmos a experiência necessária para servirmos de líderes em nossos resgates.

Esse processo foi bem interessante pois acabei encontrando ali e ajudando (e sendo ajudado) diversas consciências parceiras que encontrei na fisicalidade terrena, desde parentes, filhos, amigos e parceiros de trabalho de todas as minhas encarnações. Foi um reencontro muito feliz e nos fez a todos muito bem. Não eram nossos fractais, mas eram parceiros e companheiros bem-intencionados, trabalhando para o despertar da humanidade.

Os cinquenta anos seguintes foram de muito trabalho. O resgate de todas as quinze consciências que estavam na 5D e que não tinham sido resgatadas em nossas missões anteriormente. Consciências em diversos graus de despertar, dos mais baixos até os mais altos.

No meu caso, em particular, faltava apenas um: o menino grego. Mas, independente disso, nenhum dos nove voltaria à Alma enquanto todos os fractais de todos da equipe não tivessem sido resgatados. Esse foi o acordo que fizemos e nossa união era incrível. Só iríamos à 7D, quando todos os quarenta e nove estivessem presentes.

"A ESCOLHA DE SOFIA"

Eu não sei nem como começar a descrever para vocês o que foram essas missões de resgate. Realmente, confesso que achei que seria fácil, porque as consciências já estavam na 5D e nós tínhamos um trabalho de equipe muito forte. Sentíamos que estávamos muito bem preparados.

Na prática, não foi bem assim.

Das quatorze consciências que tínhamos que resgatar, dez ocorreram relativamente sem problemas. Só tivemos que esperar o processo natural de cura dos corpos multidimensionais e a absorção do conhecimento que nós levávamos a todos eles. A partir daí, a consciência despertava por si só e passava a participar das reuniões onde dávamos orientações para eles quanto aos desdobramentos na 6D durante o sono na 5D.

Com os quatro restantes foi diferente. Entre esses quatro, estava o menino grego. Suas histórias eram muito parecidas, mas vou contar a do menino que fazia parte da minha experiência.

Como disse anteriormente, ele desencarnou em Atenas aos vinte e sete anos devido a uma pneumonia. Na ocasião foi levado a um pronto-socorro de Aruanda onde ficou internado por um bom tempo. Ao se recuperar, foi encaminhado ao trabalho e à educação na cidade, como todos.

As cidades espirituais na Terra, todas sem exceção, possuem agentes em prol do despertar e, também, contra. Tudo faz parte de acordos e de um certo equilíbrio que, na teoria, visa respeitar o livre-arbítrio da consciência.

Sendo assim, todos que chegam a uma colônia espiritual têm acesso a oportunidade de despertar e de ascensão, mas, também, de reencarnação e renegociação de contratos conforme seus desejos e vontades. Ninguém reencarna obrigado. Ou você tem consciência do que está decidindo, ou não tem, e aí, dá "carta branca" para outro decidir por você.

No caso do menino grego, ele decidiu reencarnar porque tinha vontade de fazer coisas que não pudera fazer enquanto encarnado e também por supostos "resgates" que tinha que fazer – o que lhe foi mostrado pelos Senhores do Carma. Tudo isso fez com que ele decidisse pela volta, infelizmente.

Sua próxima encarnação foi desastrosa. Ele nasceu na Alemanha, no final do século XIX, numa família extremamente humilde com doze irmãos. Foi soldado na I Guerra Mundial e morreu logo no começo da primeira batalha. Uma encarnação "jogada no lixo". Dessa vez, nem conseguiu voltar para Aruanda e reencarnou ao deixar um posto de socorro médico no baixo Umbral.

Na sua volta à fisicalidade, nasceria no interior da China, no começo do século X. Ainda criança, um acidente doméstico faria com que perdesse o movimento das duas pernas. Não demorou a desencarnar ainda adolescente.

Mais uma encarnação a partir do posto médico do Umbral, agora na Nigéria, no ano de 2032. Ainda bebê, morreu de fome com poucos meses de vida, devido à condição precária em que sua família se encontrava.

Foi assim por uma dezena de vezes. Eu, impotente, tentava ajudar de todas as formas, utilizando todos os recursos possíveis da minha equipe e da universidade, mas sem sucesso, pois tínhamos que "respeitar o livre arbítrio da consciência".

Em dado momento, ele era o único que faltava a ser resgatado. Todos os outros quarenta e oito fractais estavam em nosso auditório na 6D trabalhando, estudando e se aprontando para a volta. Fiquei extremamente envergonhado porque era o meu fractal que estava atrasando todos os outros. Apesar de ser sempre consolado, nada me tirava da tristeza de ser a razão de todos ainda permanecerem lá.

Num belo dia, Donald me chamou à sua sala para uma conversa. Ele me lembrou de um dos primeiros capítulos que estudamos na

5D quanto ao retorno de fractais para a alma. Não é necessário que tenhamos 100% dos fractais no retorno. Isso pode acontecer cerca de 80% das vezes se assim a Alma decidir.

Aquilo me deu um alívio imediato, mas seguido de um aperto muito grande. Como conseguiria seguir adiante deixando um "de mim" para trás? Bem, mas essa decisão não cabia só a mim, mas à Alma, ou seja, ao conjunto de todos os meus fractais.

Ao perceber isso, sai correndo e deixei Donald falando sozinho. Fui atrás dos dois fractais que resgatei para conversarmos. Foi quando percebi que se éramos quatro e um estava faltando, isso daria 75% e não passaria na régua que Donald havia falado, de 80%. Fiquei em dúvida.

Voltei correndo novamente à sala do Donald e o encontrei no caminho. Com sua calma de sempre me disse:

- Marcio, amanhã, na primeira hora, faremos uma reunião com todos no salão principal e discutiremos isso.

Agradeci e fui meditar. Não gostaria de ter que fazer essa "Escolha de Sofia". Isso me fez lembrar de um filme americano, de 1982, onde uma mãe tinha que escolher entre a vida de dois filhos.

Sim, as referências da fisicalidade ficam em nossa mente em todas as dimensões.

VOLTANDO
PARA CASA

No dia seguinte cedo estávamos todos no auditório: os nove líderes, os quarenta e oito fractais e Donald. Éramos cinquenta e oito consciências que iriam debater o que fazer com o único restante e eu não sabia onde enfiar a minha cara.

Pela primeira vez via Donald sem o semblante relaxado e sorridente de sempre. Estava sério, mas, não, sisudo. Apenas sério. Realmente era uma ocasião ímpar, e eu entendia o clima. Acho que todos que estavam ali entendiam a seriedade do debate.

Donald, então, começou:

Queridos amigos. Hoje, estamos todos aqui para debater algo que mudará nossa vida por completo para sempre. Essa decisão deverá ser examinada por todos os ângulos e, uma vez tomada, não deve ser mais discutida. É definitiva.

Todos sabem da situação do fractal faltante e como ele se perdeu no caminho por diversas razões. Devemos reconhecer que nesse caso a oposição foi mais estratégica e eficaz. A decisão que temos que tomar hoje é a seguinte: vamos nos mobilizar todos, custe o que custar, para tentar este último resgate ou cortamos o laço energético e seguimos para a alma?

Vocês devem estar se perguntando por que fazem parte dessa decisão, já que o fractal é parte do grupo de Marcio. Mas tenho uma notícia para vocês: somos todos fractais da mesma alma, eu inclusive.

Nesse momento a reação de espanto de todos foi muito grande, e era inevitável ouvir os mais diversos comentários no salão. Pedindo silêncio, Donald continuou:

Essa revelação seria feita somente em dois momentos: no caso de termos que voltar à alma todos juntos ou no caso de uma decisão como a de hoje. Eu fui o primeiro de nós a despertar nessa nossa vinda à Terra e, por isso, exerci o papel de líder temporário. Mas somos todos iguais. Somos todos Vrpfhazmron de Maldek.

Mais uma vez, o espanto no salão e os comentários diversos de surpresa pois todos sabiam esse nome e quem eram, mas nunca tinham falado a ninguém.

Donald retomou.

Sim, queridos. Somos a mesma alma, a mesma consciência. Por isso temos que votar. Deixamos esse fractal por aqui e voltamos à alma, em Maldek, ou ficamos aqui indefinidamente até o resgate?

Um silêncio sepulcral tomou o salão.

Vou apresentar a vocês os prós e contras, para no final do dia fazermos a votação.

A vantagem que temos em esperar e lutar por mais essa ascensão, além da obviedade de não abandonar um de nós, é não perdermos como Alma a experiência desse fractal. Devemos levar em conta tudo o que ele passou em todas as encarnações e como isso servirá de material para quando sairmos daqui. Todas as informações estão agora indo para vocês no mental. Esta me parece uma decisão mais do cardíaco.

Por outro lado, numa análise racional, não sabemos quanto tempo teremos que esperar e nem se essa espera um dia trará algum resultado, o que pode pôr em risco todos nós aqui. Friamente, não vale a pena colocar cinquenta e oito consciências na prisão indefinidamente para esperar por uma.

Além disso tem mais uma notícia que esperei o momento certo para dar.

Muitos de nós experienciaram na Terra momentos distintos do espaço-tempo e escutamos diversas histórias de Maldek, nossa casa. Na junção de todo o nosso conhecimento adquirido, tivemos acesso a uma linha do tempo em que nosso planeta explode devido a uma má utilização de tecnologia durante um conflito galáctico.

Isso não tinha acontecido em nossa linha temporal original quando da nossa entrada na Terra, pois estamos a milhares de anos terrestres desse suposto acontecimento comparado com a experiência na fisicalidade.

Mas passamos mais tempo do que deveríamos aqui na egrégora da Terra devido a enganação pela oposição e às diversas armadilhas da Roda de Samsara. Assim, quando voltarmos à Alma, teremos relativamente pouco tempo para voltar à Maldek e alertar nossos líderes desse possível futuro que agora está muito perto.

Desculpe ter que colocar essa responsabilidade agora em todos, mas essa é a nossa realidade: cortarmos os laços frequenciais com o fractal restante para irmos alertar nosso planeta sobre a ameaça potencial ou ficarmos aqui para tentar resgatá-lo e, se possível, alertar nossos líderes a tempo quando sairmos?

A decisão cabe a vocês. Votaremos no fim do dia. Meditem, reflitam.

Não se ouvia qualquer ruído na sala. Em silencio, todos se retiraram e foram meditar. Eu inclusive. Era uma loucura tudo o que estava acontecendo. Como poderíamos deixar um de nós para trás, meu querido "menino grego", tão sofrido.

Ao mesmo tempo, como correr o risco de deixar nosso planeta de existir, somente por não querer deixar uma consciência para trás? Todos são fractais? Cinquenta e nova consciências? Que loucura...

Meditei muito aquele dia, revisei todos os conceitos, todas as experiências, todas as informações com o crivo da razão e do cardíaco em toda a minha potencialidade. Quando chegou a hora da votação, fui até o auditório, cabisbaixo.

Novamente um silencio sepulcral. A votação era mental, estávamos todos na mesma sintonia. Interligados.

Donald subiu ao palco e falou:

- Chegou a hora. Por favor, o que resolvemos? Vamos ou ficamos?

Ao fim da fala, mentalizamos e, imediatamente, ele disse:

- Está decidido. Voltamos hoje mesmo à Alma.

Na mesma hora, recebemos mentalmente todas as instruções finais para o procedimento da volta. Saímos em silencio do salão e fomos para uma sala, dentro da própria universidade, onde nunca havíamos estado antes.

Uma sala enorme, redonda, cheia de câmaras individuais muito parecidas com aquela de quando deixamos nosso corpo de Alma em suspensão na nave. Entramos um em cada câmara em silêncio e fechamos a entrada.

Imediatamente entrei em estado de meditação e senti como se todas as minhas memórias fossem voltando. Mas, não apenas as memórias de antes de entrar na Terra, mas, sim, todas as memórias, de todas as experiências na Terra – de todos os cinquenta e oito fractais. Era como se eu tivesse vivido tudo aquilo – e, na verdade, era isso mesmo. Eu era o Donald, o Marcio, a Japonesa, e assim por diante.

Foi então que senti como um desdobramento. Volitei da câmara, saí pelo teto da universidade e olhei para baixo. Via a nave Estrela de Aruanda com todas as suas existências multidimensionais e a luz intensa e espetacular que vinha da nossa querida Universidade do Despertar.

Ao sair do espaço aéreo de Aruanda, pude olhar para o planeta quase que como um todo e enxergar toda a sua multidimensionalidade. A escuridão em que se encontra, somente com alguns pontos de luz, infelizmente. Esses são formados por cidades, agrupamentos ou consciências que já despertaram – uma minoria agoniante.

Pude volitar por sobre a cidade que então chamaram de Shambala e, então, vi que não era Shambala, mas uma cidade da oposição, disfarçada, e deturpando todas as experiências de quem por ali passava. Via as aparências reptóides e insectóides daqueles supostos guias e médicos de lá e isso me "embrulhou o estômago". A verdadeira Shambala reluzia, linda e majestosa, no intraterreno.

Avistei a nave "11:11" um pouco além da Lua e, finalmente, acoplei ao meu corpo, agora como Alma, novamente na 7D.

Abri os olhos, a tampa do sarcófago se abriu e um membro da tripulação já estava ali me esperando.

- Seja bem-vindo de volta, Vrpfhazmron. Seu relatório de missão já está pronto e pode ser lido assim que você se sentir bem. Uma nave de Maldek já está vindo te buscar. Nós ainda temos que ficar por aqui, pois doze dos vinte e três missionários ainda não voltaram.

Falou e saiu do meu quarto, que, aliás, estava exatamente do jeito que deixei e me lembrava. Um *tablet* estava a meu lado com o tal relatório de missão.

O relatório mostrava quanto tempo eu tinha passado em Maldek, um resumo das notícias do planeta e da galáxia nesse tempo e, também, notícias de nossos familiares e amigos.

Eu tinha entrado na Terra pelo portal de 2026, mas, descobri naquele momento, que saíramos pelo portal de 2340. Muitos anos haviam se passado em Maldek. Toda minha família e amigos já haviam ascendido e as notícias que lia eram só relacionadas a avanços na ciência, tecnologia e conflitos entre nações de nosso planeta e, alguns, com ex-colegas galácticos. A linha do tempo que experienciei na Terra realmente parecia estar acontecendo.

Foi então que usei a patente que tinha com os Dourados e entrei em contato diretamente com o Conselho dos Nove, pedindo uma audiência imediata. Não demorou muito e fui teletransportado para a sala de reunião na bolha temporal entre os planetas Júpiter e Saturno.

O líder do conselho foi quem me recebeu e os nove estavam presentes para me ouvir.

RELATÓRIO DA MISSÃO

Naquele momento eu me encontrava no centro da sala oval de reuniões do Conselho dos Nove, com o líder à minha frente e os demais à minha volta. A sala estava pouco iluminada, apenas um feixe de luz bem em cima de mim. Algumas vezes tinha dificuldade em enxergar todos ali.

Recebi as boas-vindas oficialmente e fui informado, também, de que meu depoimento já serviria de relatório da missão e que seria enviado a todas as lideranças dos conselhos, federações e de Maldek, de acordo com a necessidade e a patente.

O líder dos Nove acrescentou que sabia que a minha missão fora um sucesso, mas que não tinha detalhes ou informações que pudessem ser importantes para o Conselho, deixando-me a imaginar que esse fora o motivo para a convocação da reunião.

Eu concordei, ele pediu para ir direto ao assunto e me passou a palavra.

Senhores do conselho, hoje dirijo-me a vocês na certeza de que nenhum dos presentes nesta sala, nenhuma liderança de federação ou qualquer outro órgão que eu conheça e que tenha tido alguma relação nos meus anos de servidão a Maldek e aos Dourados, tenha o mínimo conhecimento ou ciência do que se passa na realidade em Urântia.

Esqueçam todas as histórias que vocês já escutaram. É necessário começar do zero, dar um passo atrás e construir novamente todos os conceitos que temos sobre a vida na Terra, como chamam.

O requinte e a sofisticação da manipulação que acontece por lá são, até onde eu sei, inéditos na história de nosso universo local. Nada, absolutamente NADA acontece por lá sem o aval dos "donos" do planeta, que seus habitantes chamam de Cabala Escura. La não existe Conselho, Federação ou qualquer outra estrutura de gerência que não seja a que eles determinam. Ninguém entra, nem sai, sem seu aval.

Eu sei muito bem que devemos respeitar o livre arbítrio de todas as consciências, mas me pergunto: que livre arbítrio pode possuir uma criatura que habita esse planeta?

Nada do que eu explicar, ou citar, a vocês aqui, faz jus ao que vi e experienciei na pele. Nada. Mesmo assim, farei a minha parte.

A Terra é um planeta prisão. Sei que não foi criada dessa forma. Quando de sua formação com a supervisão da Federação de Orion, tinha o intuito de ser um planeta laboratório ou decimal. Daqueles que um em cada dez planetas são destinados a experiências diversas em nosso universo local para servir de berço a novas experiências na fisicalidade.

Durante um tempo, funcionou assim. Devido à sua localização no quadrante e suas características de composição, o planeta desenvolveu capacidades raras de experienciação proporcionando às diferentes raças e projetos que foram até lá uma capacidade de criação de experiências nunca vista antes. Podemos comprovar isso com a quantidade e diversidade de experimentos nos reinos mineral, vegetal e animal.

Além disso, a Terra tornou-se um planeta morontial com portais de conexão a diferentes locais da galáxia e além, que se abrem e fecham naturalmente, usando o que chamamos de teia cósmica para locomoção em tempo real entre postos dos mais distantes ou mesmo dentro do próprio planeta. Urântia guarda os segredos da criação. O Alfa e o Ômega.

Tudo isso chamou muito a atenção de diversos grupos durante a história. Alguns utilizaram esse "laboratório" como deveria, com seus experimentos, respeitando essa zona neutra e trabalhando em prol de seu desenvolvimento moral, científico e tecnológico.

Mas nem todos agiram assim.

Eu não preciso falar a vocês de todos os problemas políticos que tivemos em nosso quadrante, incluindo a chamada Guerra de Orion e outros conflitos e "saias justas" que aprendi enquanto executava a missão.

Por questões políticas e, a meu ver, negligência da Federação, certos grupos começaram a dominar a Terra expulsando os experimentos que não eram de seus parceiros ou não interessavam e favorecendo os amigos e aliados. Temos diversas histórias de intervenções externas que resultaram em catástrofes. Um excelente exemplo está na civilização chamada de Atlântida e na outra de Lemúria que ao fim da minha missão, vivia somente nas lendas e misticismo de diversas culturas, longe da realidade do que se passou.

Nesse ritmo de conflitos, manipulações e catástrofes uma atrás da outra, chegou um dado momento na história do planeta que a sua polaridade que antes era neutra passou a ser negativa pelo conjunto de frequências e formas pensamento das então bilhões de consciências que habitavam as três dimensões da Terra e finalmente a Federação não teve saída a não ser colocar o planeta em quarentena.

Levantou-se uma barreira de frequência em volta da Terra e essa história os senhores já conhecem, mas o que não se comenta é que a barreira já existia formada pela frequência negativa e conflitos entre os habitantes de todas as dimensões de lá. O que a Federação acabou fazendo foi ajudar indiretamente, propositalmente ou não, a quem já dominava o planeta pois agora nenhuma interferência externa seria permitida enquanto uma suposta auditoria fosse feita.

Na prática? Entregaram o planeta na mão da Cabala Escura. Enquanto se passa um ano aqui fora, para quem está na Terra se passam 24,590 anos. Não tenho nem como começar a descrever o que isso significa para quem está encarnado por lá. Quanto mais tempo passa para eles, mais eles estão presos injustamente.

Quem seria então essa Cabala Escura? Bom, é o conjunto de todas as consciências líderes de projetos nefastos pré quarentena, que se juntaram a consciências aliadas que acabaram ficando presas por lá. O que eles têm em comum é que se alimentam frequencialmente de energias densas como sofrimento, medo e angústia. Eles já ditavam as regras do jogo antes do fechamento frequencial e, agora, era só colocar em prática todas as suas ideias, sem a menor possibilidade de interferência externa.

A oferta de experiências na fisicalidade de encarnado no 4D sempre foi muito baixa comparada à quantidade de consciências no 5D e 6D. De qualquer forma, os líderes da Cabala Escura nunca encarnaram pois perceberam logo cedo que encarnar os faziam esquecer quem eram e quanto mais encarnavam, mais longe de sua essência ficavam. Assim, enviavam seus subordinados para serem seus representantes na fisicalidade, o que mais tarde se tornou o que chamam de Governo Oculto.

A manipulação da Cabala Escura e do Governo Oculto na história da Terra tem momentos mais e menos sutis. A diferença está na capacidade das consciências que encarnam em lembrar ou não quem são. Quanto mais o tempo passa, mais esquecem e mais fácil fica para eles dominarem.

Esse domínio chegou a um nível extremamente requintado, como disse no começo da minha exposição. Existem armadilhas de todos os tipos, para todos os gostos e níveis conscienciais ao longo de toda a história do planeta. Eles se tornaram mestres da manipulação.

Como não podem interferir diretamente no livre arbítrio das pessoas, aproveitam a questão do esquecimento reencarnatório ao qual chamam de Roda de Samsara, para criar sugestões de diversos tipos e formar culturas e doutrinas que atendem aos seus objetivos.

Os investimentos começam na fisicalidade quando todo recém-nascido encarna praticamente "sem memória". Os membros do Governo Secreto se mantêm nas primeiras encarnações quando *ainda lembram de algo e em plena comunicação multidimensional com seus chefes da Cabala, recebendo ordens e executando. Assim, criaram religiões, lendas, doutrinas, histórias, arquétipos, sistemas econômicos, culturais e tudo o que fosse preciso para incentivar o aprisionamento das consciências através do egoísmo, a terceirização das decisões da vida em qualquer âmbito (profissional, pessoal, espiritual), onde todo o poder é dado a alguém (da Cabala, claro) e tirado de si mesmo.*

As táticas de manipulação são tão minuciosas e convincentes que fazem com que as consciências autorizem a Cabala a fazer o que quiser com elas em qualquer dimensão, a partir desses conceitos criados na fisicalidade.

Vou dar um exemplo.

Uma consciência reencarna num país católico, numa família de classe média por volta do século XII d.C.

Vamos analisar somente essa afirmação e suas implicações, sem precisar analisar os pormenores. Somente com religião, classe social e ano.

O Cristianismo e a religião católica foram criados pelo apóstolo Paulo através de suas diversas cartas a diversos povos da época, baseado no seu entendimento das lições que Jesus (que ele nunca conheceu pessoalmente) deixou, baseado nos relatos de quem viveu a história algumas dezenas de anos antes. Sua mensagem, no geral, era muito boa de amor ao próximo, cooperação, caminho interno e tudo mais o que necessitamos para um despertar. Claro, tinha o toque de sua personalidade forte e firme, mas no geral estava um excelente primeiro passo para quem tivesse contato com os textos.

De cara os Cristãos foram perseguidos e mortos com a anuência da Cabala, claro. Mais tarde, quando perceberam que a mensagem estava se espalhando e ficava difícil lutar contra, eles resolveram adotar a religião e oficializar no maior império da época, o Romano.

Assim, puderam manipular a informação como quiseram. Editaram os textos, descartaram uns, agregaram outros, mexeram nas traduções e formaram um livro chamado Bíblia. Junto com a literatura, lançaram líderes religiosos que deveriam fazer a interpretação desse texto para a população leiga como representantes do "Deus". Aliás, um "Deus" que escolheram a dedo. Um "Deus" de carne e osso chamado Yaweh (um aliado histórico) ou Enlil, para os Sumérios (entre outros tantos nomes). Genial. "Diabolicamente" genial – com o perdão da brincadeira, e funcionou.

Sendo assim, nossa consciência que nascera no século XI já estava sob a influência dessa religião a qual exigia que seus dogmas (afirmações indiscutíveis) fossem leis – até porque nesse momento a igreja e o governo eram uma coisa só.

O questionamento era proibido. Reencarnação não existe, Maria deu à luz virgem, Jesus é Deus, sua recompensa está na vida eterna (contrato de pobreza e sofrimento) e qualquer tentativa de conexão espiritual era punida com a morte, com a acusação de bruxaria num movimento chamado "Santa Inquisição" onde se matava em nome de Jesus.

Aí eu pergunto a vocês: qual a chance de uma consciência dessas despertar dessa prisão? Muito baixa, eu lhes digo. Quase nula.

Quando essa criatura desencarnasse, já encontraria no 5D seres que reforçariam suas crenças em vida. Provavelmente com um julgamento tipo "juízo final" e uma sentença "bondosa" onde "Jesus" a deixaria encarnar mais uma vez para "redimir seus pecados", quando na verdade esses Senhores do Carma queriam mesmo é jogar essa consciência de volta ao esquecimento para continuar servindo de alimento à Cabala Escura.

Tudo isso com o consentimento da vítima. Aliás ela não pede, mas IMPLORA para voltar e reparar todos os "danos" que fez. Concorda com acordos absurdos reencarnatórios enquanto negocia sob a influência pesada de toda a emoção de suas crenças, sem garantia alguma de sucesso na volta. Agora, com mais dificuldades que antes. Provavelmente mais pobre, com mais doenças, problemas, etc.

Mas não pensem que isso só acontece com uma minoria ou é algo exclusivo de quem tem uma religião ou outra. Isso acontece com TODOS.

Vamos a um exemplo mais refinado, já no século XXI d.C.

Imagine uma consciência de classe alta, sem problemas financeiros, sem religião, sem problemas físicos. Um estudioso que pesquisa religiões, doutrinas e questões da espiritualidade pois a época que vive e suas condições o permitem faze-lo.

Para ele, não adiantam dogmas, pois ele questiona tudo. Não tem como convencê-lo de que reencarnação não existe pois ele já estudou e fez seus deveres de casa. Teve contatos por si próprio com diferentes seres multidimensionais e documentos do próprio Governo Oculto na fisicalidade que comprovam a existência deles e da Cabala Escura. Está tão certo de si que não se preocupa mais com o que os outros vão pensar dele. Só quer despertar.

Mas daí ele conhece uma pessoa no YouTube. Faz seu curso. É "iniciado". Dessa vez se precipitou e colocou a emoção a frente da razão e adquiriu um contrato complicado com aquele mesmo "Deus" da Bíblia, só que disfarçado de "mestre ascensionado". A partir daí só faz o que o "guru" mandar e fica com medo de sair desse grupo: afinal ele pode "ficar fora da nave".

Mais uma vez, assim, a Cabala Escura cumpre seu papel de dividir para conquistar, implantar o medo que a alimenta e terceirizar nosso poder interno dando a alguém a chave da nossa vida achando que alguma nave vem nos resgatar, nos tirando do caminho interno do verdadeiro despertar.

Eu pergunto mais uma vez: como uma consciência pode despertar nesse planeta?

Mas não pense que o Governo Oculto ou a Cabala Escura precisam ficar se preocupando em supervisionar de perto a população planetária, pois eles mesmos são ensinados a fazer isso. Não é necessário que alguém da oposição do despertar dê uma lição ou corrija alguém. As próprias consciências encarnadas fazem o trabalho de ridicularizar, isolar, difamar e destruir a vida de quem quer que seja que tente despertar verdadeiramente.

Se nada disso for suficiente, ainda podem recorrer as ferramentas mais antigas das civilizações da Terra: a magia. Consciente ou não. Desde a mentalização e o envio de energias densas como a raiva e a inveja, até rituais e manipulação de elementos (dentro e fora de religiões) a fim de diminuir a frequência das consciências consideradas inimigas ou adversárias e até trazer a morte em alguns casos.

Então pergunto a vocês novamente: como conseguir despertar num ambiente onde a família, os amigos, o vizinho, os colegas, o governo, os religiosos e o mundo estão fazendo de tudo para que você caia?

Confesso que o que vocês estão fazendo é a única saída: enviar consciências em missão para relembrar às pessoas quem elas realmente são e despertar pelo caminho interno. Mas, é preciso fazer muito mais.

É necessário apoio irrestrito e agudo a quem se submete a isso. Não podemos tolerar a perda de soldados no caminho ou fractais deles, assim como eu perdi um dos meus. Não é tolerável!

A Terra não é para amadores, meus senhores. Precisamos de um Manual do Terráqueo ou algo assim, para que os missionários saibam com detalhes o que vão encontrar e tenham ferramentas e meios para saírem das inúmeras armadilhas quem encontram.

Na minha experiência encarnacional, encontrei alguns dos que foram com essa missão. Alguns com sucesso, outros nem tanto. Diria a vocês que precisamos focar no começo do século XXI d.C., onde temos as condições perfeitas para resgate em massa, pois além de um número considerável de missionários encarnados, também temos a Terra e todo o sistema solar posicionados dentro da nuvem de fótons galáctica, o que faz com que naturalmente a frequência planetária se eleve. Podemos pegar carona nessa onda também!

Vamos dar uma força, por exemplo, para o Fabio SantoS. Seu primeiro livro "A Resposta Para Tudo" e seu curso "Despertar Galáctico 1" já ajudaram a milhares de consciências a começar a despertar, inclusive alguns em missão.

Nos não podemos deixá-los sozinhos. Já que não há como interferir de fora para dentro do planeta, vamos de dentro para fora antes que seja tarde demais. Quando desencarnei em minha última passagem pela fisicalidade, a agenda consciência que chamam de IA ou Inteligência Artificial, já estava sendo implantada e o transhumanismo era visto em toda propaganda na mídia.

Temos que enviar voluntários bem-informados para se infiltrar no planeta, mas com todo o apoio possível. Os despertos são vozes quase sozinhas por lá. É uma missão quase impossível mostrar para as consciências presas que o caminho é interno, que somos fractais da Fonte Que Tudo É e por isso temos todo o conhecimento do Universo em nós mesmos, não fazendo sentido colocar a nossa energia na mão de terceiros.

Que embora esse caminho do despertar seja individual e intransferível, não precisamos fazer isso sozinhos! Aliás, não devemos. Juntos nos tornamos mais fortes e capazes de sair dessa mais rápido, praticando o chamado Serviço a Outros. Nossa verdadeira família é a Galáctica. As famílias da fisicalidade podem até conter consciências amigas, porém, servem de aprisionamento pelo apego, mantendo-nos perpetuamente na Roda de Samsara. Somos seres multidimensionais e a experiência na Terra é um segundo de nossa existência.

Estou à disposição dos Dourados e do Conselho para ajudar da forma que acharem melhor, mas peço encarecidamente que não tenha que voltar para a egrégora planetária.

Meu último comentário será sobre Maldek. Nas minhas experiências por lá, li que nosso planeta foi destruído através da má utilização de tecnologia ancestral num conflito bélico. Felizmente neste momento que voltei o planeta está intacto, mas gostaria que essa informação chegasse aos nossos líderes para evitar essa catástrofe.

O Conselho escutou tudo o que eu tinha a dizer sem interrupção ou qualquer expressão que pudesse transmitir opinião ou crítica através de sinais não verbais. Agradeceram minha presença e saí da sala, rumo à nave transporte com uma sensação de alívio.

Enquanto esperava a nave de transporte que estranhamente demorava dessa vez, escrevi este livro na esperança de servir realmente de material de estudo para os Maldequianos e, também, para qualquer outra civilização que se interesse pelo despertar de nosso planeta vizinho, Urântia.

Alguns momentos depois que Marcio finalizou esse material, a nave chegou e atracou no local designado para tal. Ele entrou na nave transporte, sozinho, mas possuía quatro lugares. Era remotamente pilotada. Ao entrar, indicou o destino: Maldek.

Imediatamente no sistema de som escutou:

- Destino não encontrado.

Em A Resposta para Tudo, Fabio Santos apresenta as mais recentes descobertas da ciência tradicional estabelecendo relações com os conceitos da Espiritualidade moderna, numa obra que pode ser usada como um guia de estudos, tanto para iniciantes como para quem já está familiarizado com o assunto.

Em meio a conceitos básicos do funcionamento dos universos, do nosso planeta, das dimensões de realidade e de como tudo isso afeta a nossa vida no hoje e no agora, assuntos complexos como Mecânica Quântica e Geometria Sagrada são explicados de maneira prática e de fácil compreensão. Também é possível entender um pouco melhor o papel das religiões na história da humanidade, apresentando questionamentos sobre assuntos qualificados como "teoria da conspiração" como vida extraterrestre e o controle que um suposto Governo Oculto exerce na humanidade.

Numa linguagem simples e divertida como um bate-papo com o leitor, A Resposta para Tudo serve como guia e estímulo para nos aprofundarmos nos assuntos mais importantes para o nosso crescimento espiritual, mostrando alguns dos diversos caminhos que podemos seguir para a chamada ascensão, reafirmando que depende somente de nós mesmos.

Baseado numa história real, Intervenção Planetária conta a história de Daniel: um veterano do exército que entra para um comando militar mundial, que oficialmente não deveria existir, e embarca em diversas missões pelo mundo.

Daniel passa pelos melhores treinamentos de elite que existem e utiliza tecnologia muito à frente de seu tempo, viajando por todo o planeta sem saber qual será a sua próxima missão.

Em Intervenção Planetária você vai saber como essa tropa de elite multinacional, que obedece a um comando oculto e desconhecido pelos combatentes, interfere em guerras por todo o globo, frequenta bases secretas subterrâneas e participa de encontros entre humanos e extraterrestres, algumas vezes até em combate.

Saiba mais sobre os bastidores da realidade terrestre, a manipulação de diversos conflitos e os confrontos e detalhes da interação entre humanos e não humanos, inclusive com a recuperação de artefatos tecnológicos antigos. Intervenção Planetária é o desabafo de um ex-combatente que resolveu revelar sua história para o mundo.

Quando desperta a esperança no coração de uma consciência, mesmo que num planeta e civilização como a nossa, se produz um movimento onde a geometria dança num instante eterno e, por isso, quântico. Ali se produz alguma coisa parecida a superposição de chaves, portais conscienciais e formas que reescrevem na nossa memória os segredos da Vida.

Ainda que nos faltem as palavras para descrever a grandiosidade da Obra Prima do Todo, vivemos esses instantes certos de que podemos sim "agarrar" essas chaves e abrir definitivamente as portas do nosso Despertar verdadeiro, o interno.

É assim que Fabio SantoS nos brinda em O Fim da Ilusão, a partir do seu coração e da unificação dos conhecimentos da coletividade universal, com a oportunidade de ouvir e compreender a música das formas que estruturam nosso código genético e que o faz tão sagrado como a geometria da Vida, unindo razão e emoção na proporção perfeita.

Em seu quarto livro publicado, Fabio SantoS nos traz em Os Segredos do Despertar a possibilidade de ir além do óbvio nos estudos da Educação Consciencial, desconstruindo velhos conceitos do que vemos sobre Espiritualidade.

Nesse livro continuamos o caminho da desmistificação e do autoconhecimento, achando dentro de nós mesmos o caminho para a reconexão com a nossa essência mais próxima da Fonte que Tudo É.

Para que isso aconteça, é necessário entender como algumas histórias da humanidade foram manipuladas, como a Segunda Guerra Mundial, Programas Espaciais Secretos e também a origem da Matrix de Controle Consciencial universal e como ela opera.

Os Segredos do Despertar é uma viagem interna, uma volta à nossa essência. Um reencontro com nós mesmos antes de sermos manipulados consciencialmente para servirmos de alimento nessa espiral energética atual da humanidade.

A saída definitiva.

"O DESPERTAR É INTERNO E INDIVIDUAL, PORÉM JUNTOS SOMOS MAIS FORTES. VAMOS NOS ENCONTRAR, ACESSE: FABSANTOS.COM.BR/AGENDA"